LUIZ BIAJONI

ELVIS & MADONA

UMA NOVELA LILÁS

Bazar do Tempo

Este livro foi revisado segundo o Acordo Ortográfico da Língua Portuguesa de 1990, em vigor no Brasil desde 2009.

Edição
Ana Cecilia Impellizieri Martins

Assistente editorial
Meira Santana

Adaptação da terminologia LGBTQIA+
Heloisa Andrade de Paula

Revisão
Jessica Balbino

Projeto gráfico e diagramação
Anderson Junqueira

CIP-BRASIL. CATALOGAÇÃO NA PUBLICAÇÃO SINDICATO NACIONAL DOS EDITORES DE LIVROS, RJ

B471e
Biajoni, Luiz, 1970-
Elvis & Madona : uma novela lilás / Luiz Biajoni. - [2. ed.]. - Rio de Janeiro : Bazar do Tempo, 2021.
180 p. ; 21 cm.
ISBN 978-65-86719-60-4
1. Ficção brasileira. I. Título.

21-71077 CDD: 869.3
CDU: 82-3(81)

Leandra Felix da Cruz Candido - Bibliotecária - CRB-7/6135
18/05/2021 18/05/2021

BAZAR DO TEMPO PRODUÇÕES E EMPREENDIMENTOS CULTURAIS LTDA.
Rua General Dionísio, 53, Humaitá
22271-050 - Rio de Janeiro – RJ
contato@bazardotempo.com.br
www.bazardotempo.com.br

SUMÁRIO

Este livro é dedicado à
memória de Marcelo Laffitte.

E também a Eduardo Coelho,
Alex Castro e Renata Maneschy.

NOTA DO AUTOR

No início de dezembro de 2019, eu conversava com Marcelo Laffitte sobre relançar o romance *Elvis & Madona*, que completaria dez anos de sua primeira edição em outubro de 2020, e ele estava bastante animado com a ideia. Trocamos meia dúzia de e-mails sobre o assunto e combinamos um encontro para março ou abril. O encontro não aconteceu: Marcelo morreu precocemente, aos 56 anos, em 18 de dezembro, menos de 24 horas depois de trocarmos o último e-mail.

Fazer essa nova edição do romance que ele idealizou se tornou minha principal meta, agora materializada. Espero que gostem e se emocionem com Elvis & Madona.

PREFÁCIO

Travesti com Amapôa, que babado é esse?

AMARA MOIRA

Já não me lembro exatamente o contexto em que vi pela primeira vez o filme *Elvis & Madona* (2010), do diretor Marcelo Laffitte, mas sei que a impressão que ficou foi babado. À época do lançamento eu ainda não havia evoluído para travesti e, muito por medo, mas muito também para passar batida no meio de uma sociedade LGBTfóbica uó, eu evitava contato com produções LGBTQIA+, motivo de só ter me permitido assistir ao filme anos depois, possivelmente pouco antes da minha transição, em 2014. Discreta fora do meio, pode?

Os preconceitos que eu nutria contra comédias românticas devem ter contribuído com essa demora em assistir ao filme, mas foram também determinantes para o impacto que a obra deixaria em mim: saí simplesmente extasiada com a alegria e leveza da trama. De lá para cá, passaram-se anos sem que eu tenha voltado a me deparar com o *Elvis & Madona*, até que um belo dia recebo uma mensagem de Luiz Biajoni me convidando para escrever o prefácio da reedição do livro, que tinha sido escrito a partir do filme e lançado junto com ele em 2010.

Aceitei prontamente o convite, mesmo sem nunca tê-lo lido, e aproveitei a folguinha antes de o livro chegar para assistir outra vez ao filme e confrontá-lo com as minhas impressões atuais, já moldadas por seis anos de transição e militância. Que surpresa boa esse reencontro. Vi-o junto com a minha namorada, relação que em muitos pontos espelha a da própria trama, e nós duas rimos pencas, nos emocionamos pencas e saímos com a impressão de que, a despeito de uma ou outra questão problematizável aos olhos de hoje, o filme continuava boca de se fuder.

Um dos pontos que, nessa segunda vez, mais me chamaram a atenção foi justamente o fato de um filme de 2010 ter tido o cuidado de buscar uma atriz trans para o papel da protagonista, reivindicação que só recentemente vem ganhando sentido nos meios artísticos. Oras, se por conta da transfobia e da exclusão, pessoas trans já não são contratadas para nenhum papel, é importante que pelo menos quando personagens forem trans sejamos nós as escolhidas. É isso ou que pelo menos estejamos diretamente envolvidas na construção da obra, o célebre "nada sobre nós sem nós".

Eu não conhecia a atriz, no entanto, ao procurar seu nome, o balde de água fria: Igor Cotrim. Nada contra o ator, ocó belíssimo e talentosíssimo, capaz inclusive de me fazer acreditar que ele seria efetivamente uma travesti, mas era mais uma vez um ocó fazendo o papel de uma mona. Acho importante pontuar suas habilidades para que não caiamos na armadilha de acreditar que uma travesti, por ser travesti, encarnaria muito melhor uma personagem travesti do que um homem cis... até porque nós não somos apenas travestis, temos muitíssimos outros atributos (como as personagens na telinha também têm) e, se aplicássemos com rigor essa lógica, atores e atrizes não poderiam encarnar senão eles mesmos numa produção.

Sim, eu acreditei que estava diante de uma travesti e, se não tivesse ido buscar nos créditos o nome de quem fez

Madona, jamais teria feito essa descoberta. A crítica, perceba-se então, tem a ver com a politização das produções artísticas, um chamado na chincha para que elas comecem a atuar ativamente na transformação das desigualdades que concordamos que existem. Se não for no papel de Madona, que seja como roteirista, cenografista, figurinista ou em algum outro lugar de importância na produção da obra. Para que possamos também colher os louros que uma narrativa que se vale das nossas histórias produziu. O aqüé das bonitas, né, meu bem?

Mas esse é um debate de 2021, não de 2010, e julgar o filme apenas pelo olhar de hoje seria injusto e também apagaria seus evidentes méritos. O objeto deste prefácio, porém, é o livro e, embora ele e o filme dividam o título e quase a mesma história, é nítido que possuem diferenças. Uma notável, por exemplo, tem a ver com o suporte: em comparação com filmes, livros podem facilmente receber alterações, e esse será um dos diferenciais da reedição que chega agora até vocês.

Muita coisa mudou de 2010 para cá e, dentre elas, a visibilidade conquistada pelas lindezas que somos nós, pessoas trans. Sem essa visibilidade, eu não estaria aqui hoje, sendo convidada a refletir sobre a obra, nem teria as minhas considerações levadas em conta em sua reedição. Mas sem essa visibilidade eu também, muito provavelmente, nem tivesse condição de imaginar essas considerações. A minha leitura tanto do filme quanto do livro seria outra, muito mais refém da transfobia que nos formou a todos. Ser travesti não é o suficiente seja para vislumbrarmos essa estrutura que nos oprime seja para imaginarmos formas de superá-la... Mas há coisas que a intimidade com as questões trans acaba nos ajudando a perceber.

Um exemplo: meu primeiro incômodo, ao pegar a edição de 2010, foi perceber a naturalidade com que o narrador se referia à Madona no masculino e expunha seu nome de registro. Foi somente em 2014 que me assumi, mas desde meus primeiros contatos com travestis (lá atrazão, nos idos de 2003) eu já havia intuído que o certo era tratá-las no feminino e pelo nome com que se identificavam. Demorou para que a sociedade passasse a levar a sério reivindicações como essas, então entendo que o ocó, à época, não imaginasse o peso dessas questões, mas o que me encucou era que o filme não tinha nada disso.

No filme, é Madona quem pergunta a Elvis se esse era seu nome "verdadeiro" (pergunta terrível mas que, ainda hoje, é recorrente mesmo entre pessoas trans) e, na sequência, recebe de Elvis a mesmíssima pergunta, o troco. A própria Madona então, por livre e espontânea vontade, nos diz o nome com que foi registrada e ela o faz depois de ter provocado Elvis com essa mesma pergunta que não deve ser feita. No livro não, é o narrador quem assume o papel de disponibilizar já de cara a informação, com direito ainda a xoxar com a nossa cara ("Madona — aliás, Adaílton"). Para que serve essa informação?

Uma explicação para isso pode ser encontrada no fato de o filme não possuir a figura de um narrador, alguém que traduzisse em palavras o que estava vendo na cena, mas que, se houvesse, muito provavelmente tudo ocorreria da mesma forma. Prova disso é que o diretor não bateu o pé exigindo essa correção para a publicação do livro. O "aliás" foi agora mudado para "antes", mas o nome do falecido segue lá, feliz e sorridente, disponibilizado por um narrador nitidamente cisgênero e nos lembrando o que a sociedade cisgênera deseja saber a nosso respeito. Não é um problema do autor ou do livro apenas, mas da sociedade, por isso acho importante continuar na reedição, tanto para não descaracterizar a obra, quanto para testarmos se hoje isso já é percebido de forma distinta. E essa questão do nome é apenas um exemplo.

Hoje, felizmente, é outra a situação em que as travestis se encontram. Pessoas trans já conseguem fazer com que suas reflexões e questionamentos circulem pela sociedade e, por sorte, o livro é muito mais fácil de ser alterado que o filme. Por sorte, também, temos um autor que se preocupou em entender a nossa perspectiva para, nessa reedição, lançar uma obra com a cara de 2021, bem mais afinada com a estética LGBTQIA+ (e a nota da Heloisa de Paula no fim desta edição é primorosa em mostrar essa consciência).

Há coisas que eu faria diferente? Sem dúvida, mas aí seria meu livro e não do Biajoni. Isso, porém, não apaga a importância que tanto filme quanto livro tiveram em ajudar a reinventar o imaginário do que é ser LGBTQIA+ no Brasil. Uma travesti até então heterossexual que cai de amores por uma mulher cis lésbica que jamais tinha imaginado a possibilidade de se relacionar com uma travesti? Um sentimento recíproco, com direito a [alerta spoiler!] final feliz, rompendo com a fixação de nos retratarem sempre em meio a tragédias, como se nem na ficção pudéssemos desfrutar de um pouquinho de esperança e paz? Isso tudo tendo sido lançado em 2010? Bicha, deixa de equê!

E pior que não é equê, mona.

Saúdo então esse relançamento como um dos acontecimentos que precisamos celebrar em 2021. Que a história de Elvis e Madona, relançada em plena pandemia do Coronavírus, nos ajude a acreditar que ainda há muita vida para se viver. Axé!

AMARA MOIRA é travesti,
doutora em crítica literária pela Unicamp
e autora de *E se eu fosse puta.*

AMOR É DESTINO E LIBERDADE

OCTAVIO PAZ

Dizem que tudo o que acontece no mundo acontece primeiro em Copacabana. E deve ser verdade. Esta história aconteceu lá. É uma história de amor, como milhares que vemos todos os dias. Mas é, ao mesmo tempo, singular, já que nunca se viu uma história de amor entre duas pessoas tão diferentes. Diferentes entre si, diferentes no mundo. Diferenças que se estreitam e viram semelhanças quando olhamos bem de perto para elas. Já que, de perto, ninguém é normal.

Esta é a história de Elvis e Madona.

PRÓLOGO

— Madona, eu vou operar!

— ...

— É, eu já decidi! Vou pra São Paulo, botar buceta!

Era Índia Queen, a melhor amiga de Madona. Moraram juntas, ela ensinou tudo para a amiga iniciante, que não sabia nem andar de salto alto.

Há um tempo, Índia falava dessas duas ideias: ir pra São Paulo e botar buceta – fazer "a mudança", que era como todas chamavam. As duas ideias chocavam Madona. Não queria ir pra São Paulo, cidade horrível, cinza, alucinada. Muito menos botar periquita – ué, adorava o pirulitinho, como é que ia fazer com os clientes que gostavam de ser entubados?

Índia Queen foi. Uma nunca mais ouviu falar da outra.

Com ou sem buceta, as pessoas vêm e vão pelas nossas vidas.

Pelo menos, a maioria delas.

CADA UM

"O amor é um pau no meu cu", vivia repetindo Madona — antes, Adaílton. A vida dele, ou melhor, dela, não tinha sido fácil. Não mesmo. Nasceu longe, perto do fim do mundo, num subúrbio brabo, ali em Marechal Hermes. Filho do meio de uma família com duas irmãs mais novas e dois irmãos mais velhos. "Se pelo menos fosse o contrário", lamentava-se. Tinha que ajudar a mãe, doceira, cuidando das meninas enquanto os irmãos caçoavam, brigavam, batiam, chamavam-no de me-ni-ni-nha. "Com dez anos, eu já era toda feminina", costumava contar.

Para piorar, o pai era milico. Só não foi uma catástrofe total porque antes que o garoto entrasse na adolescência e se descobrisse viado, o pai decidiu embarcar na onda do garimpo de Serra Pelada e se fodeu por lá — para lá foi, lá morreu, lá enterraram, ninguém deu por falta.

Chegando nos quatorze, batendo nos quinze anos, Adaílton se deu conta de que gostava mesmo era de homem. Botava reparo em homem. Ia sempre de ônibus, buscar coisas para a mãe no supermercado, nos horários de maior lotação, só para sentir o cheiro de homem, se esfregar um pouco em algum. Era novinho, não tinha nem pelos, mas desmunhecava que era uma beleza. Gostava até de assistir às peladas no campinho só para ver os garotos mais velhos sem camisa, aquela energia viril vibrante. Sentia uma coisa por dentro.

Como gostava de ler novelas de banca de jornal, achou uma moeda de troca: batia uma punheta para o seu Sérgio, o dono da banca, atrás do balcãozinho e ele sempre deixava levar uma *Sabrina*, uma *Bianca* — contanto que devolvesse depois. Tomava cuidado com as coisas, não dobrava muito as páginas para não marcar. E bateria a punhetinha para o seu Sérgio mesmo se o coroa não emprestasse os livrecos. Quando relembrava essa época — e sempre fazia força para esquecer toda a infância, adolescência, juventude —, achava que o tal dono da banca tinha sido sua primeira experiência sexual. Não lembrava bem como tudo tinha começado. Achava que um dia, simplesmente do nada, o seu Sérgio tinha colocado o pau para fora e balançado a cabeça, como quem diz "mexe aí". E ele mexeu. O seu Sérgio era casado, tinha filhos, quase um velhote, mas se ele dissesse que ia largar a família e ficar com ele, ele ia. "Achava que o paraíso era passar o resto da vida punhetando aquele velho", diria mais tarde.

O primeiro boquete, lembrava bem como tinha sido. Estava com Pedrinho — "Pedrinho Blue Eyes", que era o apelido que tinha dado para o menino —, um ano mais velho, mas colega da mesma classe, na escola católica Evangelina Duarte Batista — os dois tomando sorvete, sentados no muro baixo na frente de casa.

Estavam ali, despreocupados e ingênuos, como convinha a dois adolescentes de quatorze ou quinze anos lá em 1986. De repente, entre uma lambida e outra do picolé, lembrou que não tinha ninguém em casa. Era raro que isso acontecesse, mas a mãe havia tido um compromisso qualquer, os irmãos estavam na escola e ele, bem, ele estava com as chaves de casa. Olhou para o Pedrinho, aquela masculinidade latente, aqueles cabelos louros caindo levemente nos ombros, o sol batendo nos braços dourados... e sentiu um arrepio. Convidou o Pedrinho para entrar. "Pra quê?", perguntou o garoto. "Vou te fazer uma surpresa", arriscou. Entraram. Surpresa!

Aí passou a chupar quem quisesse ser chupado. Em qualquer lugar: uma pracinha, uma obra abandonada, um banheiro. Qualquer lugar servia. Realmente pegou gosto, não queria mais nada na vida. Mas a vida não era tão doce — "nem tão salgadinha!" — quanto a porra do Pedrinho: era muito mais amarga e ácida. Começou a apanhar também, passou a ser discriminado pelos colegas, pelos vizinhos, pelos irmãos; era um inferno em casa, era difícil em quase qualquer lugar que fosse. Quando percebeu que sua condição estava atrapalhando até mesmo a vida de sua família, fugiu. Foi no dia em que pegou o seu Anésio, dono do armazém, falando para a mãe que não queria que Adaílton entrasse mais lá. "O seu filho é viado, e acho que essa coisa pega: não quero ele perto do Júnior." Nesse dia, juntou umas roupas, botou numa sacola, deixou um recado para a mãezinha e caiu no mundo.

Foi parar primeiro no baixo meretrício de Marechal Hermes, nas imediações da rua do Mangue, onde conheceu um cafetão maconheiro, depois uma cafetina metida a mãezona. Vagou por ali, pagou uns boquetes, dormiu de favor em sofá de zona, teve que pedir dinheiro no sinal para comer um pão com ovo. Até que foi morar com uma traveca forte, de braços musculosos e pele vermelha, boa de porrada, a Índia Queen. Nunca soube o nome real dela, diziam que tinha tacado fogo na cédula de identidade. Era Índia Queen. Nos quatro ou cinco anos em que dividiu quarto com ela, ralou pra caralho — ou "ralou caralho pacas", como gostava de dizer. Aprendeu a se travestir, gostou de ser mulher, pagava de poderosa para uns velhotes que gostavam de boquetes rápidos e baratos. Aprendeu a andar de salto e falar com biquinho, liberou seus trejeitos femininos represados por anos, deu muito e aprendeu a comer — "se for pra ter traveca de pau mole, homem prefere mulher". E gostou de comer, não é que não gostasse. Mas achava que era mulher demais para dominar, precisava da força do outro para sentir prazer. Essa era uma frase da Índia Queen que adotou como sua.

Quase nunca sentia, é bom que se explique. Prazer. Procurava incessantemente, mas era raro. A soma de alguns fatores podia gerar algum prazer: um homem bonito e doce que sabia ser enérgico e mau na hora certa; que a tratasse como um ser humano, não como "um pedaço de carne que está ali para gozarem em cima"; que gostasse de beijar (adorava beijar nos programas, embora fosse um tabu). Ela teve uns três ou quatro homens assim.

Um desses homens a conheceu bem depois, ela já tinha dez anos de pista, de boates, de inferninhos em todos os bairros da região. Já morava sozinha e fazia shows e programas no clube Suingue, um dos mais chiques da zona norte. Era vista como travesti experiente, que gostava de se cuidar e não ia com qualquer um. Ela foi com esse um: João Tripé.

João era homem de contatos, conhecia gente de TV, gabava-se de cheirar cocaína com artistas e músicos, com Renato Russo. Distribuía droga para gente do teatro, da sociedade, andava bem-vestido e com carro bom. Naquele momento, procurava garotas para estrelar filmes pornôs brasileiros. Na verdade, a onda das garotas novinhas e inexperientes, encontradas em periferias do Rio ou no interior de Minas Gerais e Goiás, estava passando: o grande novo negócio era descobrir travecos, viados e "hermafroditas" – que era como João chamava o que não sabia nomear.

João estava procurando talento, conheceu Madona. Ela se sentou com ele naquela noite, na boate, e ficou espantada com a cultura, a gentileza, o carisma de João. Não com a beleza, isso não: ele era feio como o diabo. Pardo, meio acinzentado, com cabelos longos e fedidos num pseudorrastafári, dentes falhados e amarelos, olhos pequenos e separados demais, era quase um bicho. Mas quando falava, tinha um certo brilho. Fumava com estilo, parecia o tipo de homem que sabe abraçar uma mulher.

Madona era uma mulher. João Tripé a levou para a cabeça de porco em que morava, em Copacabana; arrumou shows para ela, cafetinou, comprou roupas. Moravam juntos, eram quase um casal — embora João quase nunca voltasse para casa à noite e eles mal conversassem. Algumas vezes, ele chegava chapado e a acordava para uma trepada — ou para uma tentativa de. Em outras ocasiões, deixava um bilhete: "Show hoje, 9 horas, Leopardos" — e ela sabia que faria um show naquele horário, naquela boate. Ele negociava valores e ficava com a grana. Ela era muito boba. Acreditava em algo maior. Acreditava que lhe devia favores, já que ele a tinha tirado do buraco e levado para o centro do mundo. Achava que ele ia cuidar dela.

Não cuidava, mas também não descuidava. Às vezes trazia maconha ou pó, outras vezes aparecia com coisas estranhas, dizia que eram presentes para ela: cosméticos, lingeries, muambas variadas, fruto de roubos ou furtos, ou moeda de troca com drogas. Ela gostava. "Sou casada", dizia a quem perguntasse. "E mais feliz que muita mulher que eu vejo por aí."

Percebendo que tinha os dias livres, arrumou emprego numa padaria, como confeiteira. Aprendera tudo do ofício com a mãe. Até ganhava um bom dinheirinho — que escondia no fundo do guarda-roupa, em uma caixa de sapatos. Já fazia três ou quatro anos que estava em Copa, nesse ritmo, quando estourou uma bomba: a dívida de João com o tráfico estava tão alta que ou ele pagava ou morria. Vendo o desespero do companheiro, contou do dinheiro escondido — mas era pouco, precisava de três ou quatro vezes aquilo. Não viram outra alternativa, a não ser fazer uns filmes. Daqueles. Pornôs.

Madona estava relutante sobre isso. Desde que foram para Copa, existia essa ideia de entrar para o ramo, mas não quis. Chegaram a visitar uma gravação, para ver se tomava coragem, mas ela passou mal. Agora não tinha mais jeito: era isso ou João ia morrer. Fizeram um filme. Ela não gostou.

Fizeram mais um, dois, três. Levantaram dinheiro para pagar o traficante, mas já não tinham mais como ficar juntos. Um não conseguia mais olhar para a cara do outro. Madona já não conseguia trabalhar na padaria, achava que todo mundo sabia da sua terrível vida "artística". Chorou ao ver suas economias sendo levadas embora. Chorou ao ver sua foto com um pau na boca na contracapa do filme. Chorou quando percebeu que João estava há cinco dias sem dar notícias e ela não tinha nem dinheiro, nem amigos, nem para onde ir. Não era mais uma amadora, não era uma criança, não podia estar assim tão perdida, já com trinta anos.

"O amor, meu querido, é um pau no meu cu", era o que dizia já naquela época, há mais de cinco anos. É o que pensa agora, sentada no chão do seu minúsculo apartamento, enquanto chora. João Tripé acabou de sair pela porta, deixando-a escancarada. Ela não o via há cinco anos e ele apareceu de repente, do nada, fazendo juras de amor.

Acreditou novamente nele — e ele veio e levou todo o dinheiro dela de novo. Madona não merecia aquilo. Estava economizando para montar um espetáculo, um grande show, uma homenagem ao teatro de revista, um projeto que ela tinha com as amigas do salão. Sim, há cinco anos, assim que abandonou João e toda aquela loucura de prostituição e drogas e filmes pornôs, Madona foi acolhida por Rogério, uma bicha velha, dono de um dos melhores salões de beleza de Copa. A ideia do show nasceu ali e tanto Rogério como as meninas deram apoio e motivação a Madona. Quando João Tripé reapareceu, as meninas alertaram-na: "Não confia no malandro, ele deve ter algum interesse." Madona não deu ouvidos. Batendo nos trinta e cinco anos, ainda era a mesma sonsa ingênua. "Sou uma sonsa ingênua?", perguntou-se, soluçando.

"Não tem nada mais boneca do que ser assaltada pelo ex-cafetão e ficar sentada no chão, se debulhando em lágrimas", pensou. Não achou graça no clichê.

*

"Preciso parar com esses pensamentos que não levam a lugar nenhum!" A cabeça de Elvis — aliás, Elvira — era um turbilhão de pensamentos incessantes, especialmente dentro do capacete estiloso, enquanto ela pilotava sua bela e preta Suzuki. Os pensamentos tinham razão de existir. Ela estava fodida. Sem dinheiro e, em breve, sem ter onde morar.

Tinha nascido rica, mas as coisas deram errado para a família. De tudo o que tinham havia sobrado apenas o apartamento mixuruca em Copa, onde ela e a Suzuki moravam. Mais nada. Quer dizer, tinha a casa lá em Poços de Caldas. Era um casarão, mas a mãe, dona Soraia, preferia morrer a pensar em vendê-la. Vender a casa podia resolver o problema financeiro da família, mas o orgulho quatrocentão falava mais alto. "Ah, velha casa da minha infância perdida, quem te diria que eu me desacolhesse tanto?", reclamava para si mesma, citando um Fernando Pessoa rápido. Era mais um pensamento indesejado.

Ela teve que fugir de Poços. A família estava ficando envergonhada com o seu jeito, com seus trejeitos, com o que andavam falando dela nas esquinas. Ela era masculina, quase um homenzinho — apesar do corpo miúdo e dos olhos azuis. Era linda, mas era um homenzinho. Foi a avó quem reparou, no começo da adolescência, vaticinando: "Essa mexerica tá mais pra limão!"

Como gostava de fotografia, foi para o Rio, fazer faculdade de comunicação — pretendia se tornar jornalista. O pai falou com ela, que adorou a ideia. Partiu de Poços em sua moto, presente dele quando ela completou dezoito anos. Sentia-se o próprio Marlon Brando, com sua jaqueta de couro. "Morar no Rio, sozinha, uau!", pensou na ocasião. Logo viu que não era tão bom assim.

Quer dizer: foi. Foi bom. No começo. Pegar praia e a vida noturna de Copacabana e umas namoradas bonitas, mas... Achou tudo muito rápido e fácil e desestimulante. Até mesmo a faculdade, a PUC — ela achava que sua cabeça ia explodir com as experiências cariocas — foi só um estalo: ela era mesmo uma pessoa diferente, alguém que não sabia o que queria, que só queria estar bem e poder tirar suas fotos e fumar seu baseado sem ninguém para encher o saco.

"Às vezes acho que fico me autossabotando." Esse pensamento ocorreu no exato momento em que ela olhou no espelho do elevador e se viu com o uniforme de uma pizzaria, "Pizzaria Muzzarela & Cia., que nome ridículo!", com uma pizza gigante de palmito nas mãos. No papelzinho colado sobre a pizza, estava o nome da cliente: Madona.

"Olha só pra mim, pagando de *motogirl*, indo levar pizza pra uma tal de Madona!" Achou aquilo surreal e cômico. Lembrou -se do último emprego, na lotérica, onde tinha que ficar nove horas por dia sentada, preenchendo jogos para velhinhos tarados e babões. "No que eu me tornei?"

E o elevador parou e ela saiu e bastaram alguns passos para que visse a cena: Madona sentada no chão do apartamento, com a porta aberta, soluçando, descabelada e insanamente dramática.

— O que aconteceu aqui? — quis saber, enquanto largava a pizza no sofá e se ajoelhava diante da travesti.

Madona ergueu a cabeça. Encontrou um par de olhos azuis, translúcidos, lindos. "Um anjo?", indagou a si mesma. Percebeu o uniforme da pizzaria, lembrou do pedido. A pizza que ela ia comer com João, naquela que seria sua noite de amor e reconciliação. Sentiu uma pontada no coração.

— Você é...

— Eu vim trazer a pizza.

— Eu... eu fui roubada...

Elvis se levantou num pulo.

— Vou chamar a polícia.

— Não!

— ...

— Se tá tudo fodido sem polícia, com polícia só pode piorar.

Ficaram se olhando por alguns momentos. Não havia por que ficar ali no chão, lamentando a merda toda da sua vida. Elvis ajudou-a a se levantar.

— Como é que foi isso?

— Ah, meu bem... Todo o dinheiro, todo o meu dinheiro, que eu ralei para ganhar e guardei em toda a merda da minha vida, o filho da puta levou...

— Foi alguém que entrou aqui?

— Não. Foi alguém que entrou aqui! — e Madona apontou para o próprio peito, num gesto dramático.

— ...

— Mas já saiu, meu bem...

— Tem certeza que não quer chamar a polícia?

— Tenho. Esse dinheiro que o filho da puta levou, meu bem, é dinheiro de travesti. Não vale nada pra polícia. Na verdade, não vale nada pra ninguém. Era o dinheiro que eu estava guardando para o show. Eu tenho esse sonho, desse show. Mas acho que tá na hora de parar de sonhar.

— Não! Não tem que parar de sonhar nunca! Não diga isso, você vai guardar o seu dinheiro pra fazer o seu show. Acredite!

"Olha só, a grande *loser* dando conselhos...", pensou.

— Você acha mesmo, meu bem?

A cabeça doía, João tinha dado uma porrada forte ali. Madona foi à cozinha buscar gelo. Elvis se aproximou de um espelhão, num móvel grande que ocupava boa parte da saleta. Viu, ali, muitas fotos de Madona, em vários momentos, em vários shows. Madona reapareceu com cubos de gelo envoltos em um pano de prato sujo, a trouxinha sobre a cabeça, a água escorrendo pela face, misturando-se à maquiagem, o rosto melado pelas lágrimas, o nariz escorrendo. Estava medonha.

— Foto bonita, essa aqui.

Assim que se aproximou para ver de que foto Elvis falava, Madona se viu no espelho — e se assustou, num salto.

— Estou horrível!

E correu para o banheiro.

Elvis riu. Achou engraçada essa preocupação dela, naquela situação, de vaidade. Aproximou-se da porta do banheiro.

— Madona... Eu preciso ir...

— Ai, querida, desculpa essa bagunça toda...

— ...

— Você trabalha com a Rosa há muito tempo?

— Não... Na verdade, comecei hoje. Essa é a minha primeira entrega.

— Ah — gritou Madona de dentro do banheiro —, que lástima! Seu primeiro cliente é uma traveca burra e feia, toda despenteada e borrada, assaltada pelo ex-cafetão!

Elvis riu de novo.

— Olha... Se precisar de alguma coisa, sabe onde me encontrar. Se precisar de fotos, também sou fotógrafa...

Madona abriu a porta, curiosa, a cara lavada.

— Fotógrafa, *honey*?

— É.

— Além de *motoboy*, você é fotógrafa?

— *Motogirl*... É, sou fotógrafa.

— É, eu acho que vou te ligar pra... fazer umas fotos. Que tal?

— Tá bom.

— Ah, diz pra Rosa que eu não tenho como pagar essa pizza, pra ela pendurar lá que semana que vem eu pago, tá?

— Tá.

Beijaram-se no rosto como grandes amigas.

*

— Olha aqui, Cride, diz pro patrão que tô com a grana dele. Diz que eu quero pagar e quero limpeza. Bota os juros, vê quanto tenho que pagar pra andar na rua de novo. Não quero cruz pra carregar.

João Tripé negociava ao telefone.

— É ruim dele te perdoar, João. Você sumiu geral, agora chega de bonzinho?

— Tava levantando a grana. Num teve um só dia desses anos que eu não pensasse em pagar pra poder voltar.

— ...

— Fala com ele, Cride, e me liga nesse número aí, é o meu celular. Você me conhece, sabe da minha limpeza. Quero voltar pra área, tenho até algum pra investir.

— Pra investir? Ô João, que que cê andou fazendo?

— O mesmo de sempre, Cridão. Pegando grana de gente burra.

Riram.

João tinha passado os últimos três anos numa chácara em Volta Redonda como caseiro, esperando a poeira baixar. Foram três anos difíceis, ele não podia nem pensar em botar o pé no Rio. Ficou na miúda, quase não falava com ninguém. Um dia viu na TV que Madonna, a cantora, estava lançando disco novo. Ele parou. Lembrou da traveca, da mania da traveca de guardar dinheiro, da obsessão dela com os centavos, de como a grana que ela tinha guardado, no fundo do guarda-roupa, numa caixa de sapatos, tinha salvado a pele dele no passado. "Aquela puta deve ter guardado uma boa grana nesses anos todos", pensou.

Sabia que ela tinha deixado os programas, que não queria mais dar o anel de couro pra qualquer um. Procurava um príncipe, foi o que ela falou quando se separaram. Será que tinha achado o tal cara? Estaria Madona casada? Teria achado um bofe de traveco do jeitinho que queria? Era difícil. "Só traveco rico consegue marido", filosofava. Sabia que ela trabalhava no salão de beleza e fazia alguns shows. "Deve ter uns 20 mil guardados, com certeza!" No dia seguinte, ligou para o dono da chácara, seu patrão, inventou que lhe tinha morrido a mãe, pediu um adiantamento e subiu no primeiro ônibus para o Rio. Nunca mais voltaria a Volta Redonda. "Com vinte paus, compro minha liberdade."

Assim que chegou à rodoviária, botou suas coisas no guarda-volumes e partiu para o salão de beleza atrás da traveca. Não foi difícil jogar seu charme pra ela, que estava solteiríssima, como ele previra. "Madona, *my love*, vamos voltar a viver juntos. Eu deixei as drogas, parei com a bandidagem." Era tão claramente incrível que podia mesmo ser verdade. Ela esperou até que ele dissesse que tinha encontrado Jesus, entrado para alguma porra de igreja evangélica.

"Um filho da puta vai ser sempre um filho da puta", lhe disse a Norminha, a manicure, amante de um policial civil, o Pachecão. "Veja o meu caso: eu nunca consegui ficar com um homem só, sempre precisei variar. Sou uma filha da puta e não vou me emendar nunca", dava o exemplo de si mesma, para que não restassem dúvidas sobre sua teoria. "Esse cara é semente ruim, conheço pelo cheiro, meu pai me ensinou", dizia, referindo-se a João Tripé.

Madona não considerou nada. Queria mesmo era ter alguém, sempre quis. Podia ser o seu Sérgio, da banca de jornal; podia ser o Pedrinho Blue Eyes; podia ser o Flávio Inácio, um sindicalista que ela namorou durante um ano, lá na Vila Mimosa, se ele largasse a família e decidisse assumir com ela; podia ser até mesmo o Robertinho, dono da padaria onde trabalhou, que já era entrado nos cinquenta, nunca tinha casado e olhava para ela com cara de carente. Sempre quis ter alguém — e os quatro ou cinco anos com João Tripé não tinham sido maus, não mesmo, segundo a avaliação muito particular dela. Naquele tempo, trabalhava, tinha o seu dinheiro, tinha o seu lugar, fazia uns programas com a segurança que o João lhe dava — e ninguém passava a perna em João Tripé! E tinha o seu marido. Ué, não era marido? Para todo mundo do prédio, para toda a vizinhança, para o pessoal da padaria, para geral, era! E para ela também, ainda que nem sempre ele quisesse beijar na boca, nem sempre quisesse transar ou dormir abraçadinho. "Casais são assim, meu bem: volúpia é só em começo de namoro, depois trepada vira mijada", filosofava. E botava um sorriso de satisfação no rosto.

Para João, era ótimo morar com Madona. Ela lavava e passava suas roupas, arrumava a casa, estava sempre ali para uma chupada ou uma trepada — "e sem TPM ou chico", comentava com os amigos. Era também fonte de renda para ele, que fazia assim: quando arrumava alguém que queria sair com uma traveca, oferecia Madona pelo dobro ou o triplo do preço de mercado — era bom de negociação. Tentava pegar uns clientes qualificados, como um famoso jogador de futebol vidrado em travestis e que comeu Madona uma vez, pagando em dólar. Marcava com o sujeito no motel Vip's e pra lá despachava Madona, que devia sempre satisfazer todos os desejos do sujeito, sem perguntar por valores nem nada. O sujeito pagava direto a João, e ele repassava alguma coisa a Madona. Às vezes inventava que tinha levado calote. Se ela perguntava pelo dinheiro, ele lhe negava e, às vezes, até batia nela.

Já para os shows havia outra negociação: quando queria entrar num inferninho para passar drogas, dava de brinde um show de Madona. Um show performático traz sempre mais público e aumenta a receita com a venda das drogas. Madona recebia um ou dois papelotes que, geralmente, dava ou vendia baratinho para um amigo. Não era muito a fim de drogas. Nunca tinha sido. Só gostava de uma cervejinha, de vez em quando.

"Não seria mesmo ruim voltar a morar com Madona", pensou João Tripé, satisfeito com a receptividade imediata dela. “Mas minha prioridade é grana e liberdade.” Ele tinha que ficar escondido naquele dia, já que na noite seguinte iria visitar Madona, eles comeriam uma pizza e selariam a relação, com juras de amor eterno. Era isso o que ela esperava, era essa ideia que ele tinha lhe vendido. Mas ele só pensava mesmo era em botar a mão na grana — para poder voltar a vender pó na orla, com os aviõezinhos. Estufou o peito assim que decidiu que ia ficar muquiado na rodoviária mesmo. “Sou João Tripé, porra. Essa Copacabana é minha e de mais ninguém!”.

*

A pizzaria fechou já era uma e meia da manhã. Elvis estava cansada como nunca. E faminta também: pegou uma brotinho de cinco queijos para comer em casa. Despediu-se do casal Rosa e Carlos, donos da pizzaria; do Wendel, o outro entregador; e do Baianinho, o pizzaiolo. “Pessoal bacana”, pensou. E montou na Suzuki.

Chegou ao apê, olhou para a sala por um instante e quase gostou daquela decoração minimalista: uma pequena mesa de centro onde estavam o laptop e a câmera fotográfica; outra mesinha, menor, no canto, com o telefone acoplado à secretária eletrônica; um sofá branco, com dois lugares; livros espalhados, amontoados aqui e ali — e só! A sala até que era grande, o apartamento não era dos piores, ela esperava que o pai fizesse uma boa grana com ele. Ela é que não tinha muitos pertences, nunca fora de comprar móveis ou receber pessoas. Gostava de companhia, mas não era festeira ou social demais, dessas que convidam todos para casa num fim de noite.

Checou os recados na secretária eletrônica: a mãe pedia que ela ligasse urgente, pois ouvira dizer que o pai queria comprar uma nova máquina fotográfica para ela, "isso é um absurdo, estamos sem dinheiro, me liga, te amo"; o pai queria saber se o corretor tinha ido ver o apartamento, se estava tudo bem com ela, se tinha alguma novidade; uma cliente chata queria fazer umas fotos da filha pré-adolescente, montar um "*book* da Yasmin... pode ser no domingo?". Ela colocou a pizza na mesinha de centro, se jogou no sofá e acendeu um baseado.

O turno, na verdade, acabou mais tarde do que o normal para uma quinta-feira. Geralmente não passavam da uma da manhã, exceto aos sábados. Carlos baixou as portas da Muzzarela & Cia. para jantar com Rosa — eles comiam assim, juntos, tomando um vinho *rosé*, toda noite, depois de fechar, antes de subirem para o apartamento, que ficava em cima da pizzaria. Também todas as madrugadas fodiam calorosamente, na cama, até caírem exaustos. Lá fora, a escuridão era de putas, travestis, alucinados noturnos, filhinhos de papai atravessando sinais vermelhos, homens desesperados procurando companhia, viciados atrás de um último gole/tapa/cafungada, uma horda de pessoas terríveis, horrendas, desqualificadas e sem qualquer futuro. Era o que pensava Carlos, enquanto fodia Rosa toda noite, toda noite depois de ficarem sete ou oito horas em pé, anotando pedidos, sentindo o calor da fornalha no cangote, gritando um com o outro, brigando. Baixavam a porta e era como se se desligassem do mundo. Fodiam até se esgotarem. Tudo isso exceto às segundas-feiras — que era quando não abriam.

Elvis não transava havia muito tempo. Muito. Ela nem se lembrava da última vez. Teve essa menina, a Márcia, que dividia o tempo entre ela e o namorado, Júlio César, médico, um futuro promissor. Ficou com o médico, deixando Elvis numa ressaca amorosa que ainda não havia curado completamente. Ela tinha tesão, muito tesão, era capaz de gozar só esfregando as coxas, numa técnica que desenvolvera ao fotografar garotas na praia. Ela ficava olhando e dando *zooms* enquanto, ajoelhada na areia, de calça jeans, esfregava as coxas de maneira que o grelinho atritava com a costura, e se arrepiava, enrubescia e gozava. Gostava disso. Fazia sempre que podia. Também gostava de se masturbar no banheiro, em longos banhos de fim de tarde. "Prefiro siririca do que encheção de saco", pensava. Mas, na verdade, morria de vontade de abraçar alguém.

Lá estava ela, abraçada ao travesseiro, no sofá. A boca seca, a pizza intacta e fria, quase coalhada pelo sol que batia ali logo pela manhã. O suor debaixo do braço e no pescoço, o calor carioca. Elvis precisava se levantar, tomar um copo d'água e um banho, encontrar algo pra comer. Estava cansada demais, um cansaço que era maior que sua sede, sua fome e seu fedor. Virou de lado para mais alguns minutos de descanso, mas reparou que havia dormido a noite toda com a cabeça apoiada no braço do sofá e um torcicolo vinha de brinde pela inconsequência. A sala estava clara demais, uma dor de cabeça também despontava.

"Porra, tô toda ferrada mesmo!".

*

O queixo doía um pouco, a porrada de João tinha sido certeira, direta, dura. No espelho, pôde ver: tinha ficado bem roxo. O hematoma saía do canto esquerdo da boca e subia até o olho. Pouco mais acima, um calombo — foi quando ela caiu e bateu a cabeça no sofá. Mas João tinha dado um soco ali também, ela só não se lembrava em que momento. O corpo doía, como se ela tivesse exagerado nos exercícios. Não eram sete da manhã, ela costumava acordar mais tarde que isso, por volta das nove, para estar no salão às dez, mas havia acordado terrivelmente mais cedo, com essas dores, resultado da noite anterior. Estranhamente, não se sentia mal ou desanimada ou magoada consigo mesma, como era de se esperar. Não: sentia uma energia, uma vontade de sair e correr pela praia e pular. Ela não ia fazer nada disso, claro, ia passar o café e colocar uns pedaços da pizza de palmito no forno, deixar que ficassem bem torradinhos.

Foi o que fez, enquanto ouvia a cidade acordar lá embaixo.

"Como é que eu vou trabalhar com o rosto desse jeito? Haja *pancake*!"

Ligou a TV e ficou vendo as notícias, o crescimento da violência com a onda de calor de fins de outubro, os turistas que chegavam ávidos, os cenários que ela conhecia tão bem. Ela se sentia muito carioca. Imaginava, quer dizer, sonhava que tinha nascido ali, em Copa, que tinha vivido ali a vida toda, que era uma filha legítima daquela fauna. Podia sentir, dentro de si, o prazer e a dor de ser copacabânica. Eram só gases.

"Palmito. Definitivamente, não posso comer palmito."

Foi cuidar das necessidades e tomar banho, dar um jeito no cabelo e procurar os óculos enormes, aqueles que tinha ganhado de presente do Rogério e achado horríveis. Como eram enormes, podiam esconder aquela roxidão toda. Achou. Eram horríveis mesmo. Os óculos e a roxidão.

Ganhou a rua, égua baia, batendo os cascos, quer dizer, os saltos, nas pedrinhas portuguesas, desviando aos encontrões da gente sem nome que sai às ruas logo cedo para fazer sabe-se lá o quê. O queixo erguido. O marchar frenético enquanto inflava as narinas e sentia o cheiro distante do mar. Vinte anos já, na vida, como travesti! Quilos de hormônios! Litros de lubrificante íntimo. Brigas, discussões, humilhações — e até giletadas! Olhou -se de relance no reflexo de uma vitrine. "Você é poderosa, Madona! Você está mais gostosa que nunca, sua putinha!"

Pensava, agora, em trabalhar e trabalhar e trabalhar e fazer shows e bolos e doces nos finais de semana. Queria guardar dinheiro, era isso que gostava de fazer; ansiava por trabalho para ver as cédulas empilhadas — e seu foco era esse, sua mente estava nisso, enquanto caminhava para o trabalho naquela manhã. Guardar dinheiro sempre fora um vício. Sua especialidade era não gastar. Sua diversão, economizar. Uma sovina, diziam uns. Uma sobrevivente, diziam as amigas — especialmente as travestis.

"Travesti, sim, com orgulho! Trans e saturada!" Era mais uma de suas tiradas, dessas que faziam com que fosse amada pelas colegas de trabalho, por todas, sem exceção, e por Rogério e por todas as clientes. Todos amavam Madona.

E todos ficaram preocupados quando ela entrou no salão, triunfante, talvez um pouco suada, deixando o sol lá atrás. Ela era a mesma Madona de sempre, mas havia algo de errado dessa vez. Ou melhor, algo de errado *a mais*.

Quem percebeu imediatamente foi a Norminha.

— Foi aquele filho da puta do João Tripé.

E o povo já juntou em cima da amiga, para saber o que tinha acontecido.

*

— O dono tá devendo tudo aqui, água, luz, IPTU, condomínio, taxa de incêndio... O apartamento é muito bem localizado, você não vai encontrar nada melhor em Copacabana.

Era o corretor, um velho gordo e babão, com uma mancha de gordura na camisa, bem abaixo do queixo. Com ele estava um babaca modernex, de cabelos com gel e um ridículo topete erguidinho no gel; um neorrico, ou filho de papai recém-herdeiro, ou alguém que se casou e o padrinho milionário disse: "Arruma um apê em Copa, lá você viveu toda a merda da sua vida, lá você deve se atolar e morrer, nariz enfiado em pó ou cu." Elvis olhava com asco para os dois, sentada no sofá. Eles andavam pra lá e pra cá, vendo as teias de aranha nas quinas das paredes, observando as umidades no corredor, os batentes podres.

— Isso aqui tá muito acabado. O senhor não tem um apartamento melhor pra mim aqui na região?

— Não tem outra oportunidade como essa, acredite, seu Marcos. O dono tá com a corda no pescoço; faz uma oferta melhor e você dá uma guaribada com o que economizar.

Olharam para Elvis, a cara dela era de poucos amigos.

— Desculpa, moça, só tô fazendo o meu trabalho.

— Quando saírem, deixem a chave lá embaixo. Por favor, não roubem meu laptop. É praticamente tudo o que eu tenho...

Saiu batendo a porta.

*

Num intervalo entre uma cliente e outra, Madona e Norminha encontraram-se na copa, para um café rápido. Norminha considerou:

— Madona, deixa eu falar com o Pachecão.

— Norminha, não quero mais rolo. Já passou! O bofe veio, me bateu, levou meu dinheiro, todo o nosso rico e querido dinheirinho, mas não posso com ele, simplesmente não dá pra alguém como eu querer justiça...

— Mas o Pachecão pode pelo menos tentar recuperar o dinheiro, dar uma prensa no João... Você sabe onde ele está?

— Não sei e não quero saber, fofa.

— ...

— Eu quero mais é bola pra frente, não vou ficar maluca, não vou parar meu trem!

Fez um gesto de deus me livre, no momento em que Rogério entrou.

Rogério era uma bicha velha, negro e grisalho, gordinho, fofinho, conhecido pelas extravagantes camisas floridas. Assim como Madona, um vencedor. Tinha começado no salão como ajudante, virou um dos mais disputados cabeleireiros do Rio, assumiu o salão e o fez crescer. Durante os anos 1980 cuidou dos cabelos de Caetano Veloso, que saía do Leblon para colocar as madeixas — cobiçadas pelos garotos dourados — nas mãos dele, em Copa. Depois brigaram, discutiram, o Rogério não tolerava o *rock* brasileiro, nunca gostou, e Caetano dizia que aquilo era a salvação para a MPB. Romperam, como se diz.

Quando Madona o procurou, há cinco anos, contando sua história, primeiro Rogério deixou que ela morasse com ele por quase dois meses, em sua cobertura, que ficava no mesmo prédio do salão. Aí, foi seu fiador no apezinho que ela conseguiu, a cinco quarteirões do trabalho. Comprou roupas para Madona, fez com que ficasse mais elegante, menos brega. Também ensinou modos de mulher, como segurar uma xícara, como andar na calçada sem chamar tanto a atenção, sem requebrar demais, sem parecer uma purpurina corporificada. "Travesti na esquina mostra a bunda. Travesti na calçada tem que ser invisível", dizia, dividindo as vogais nas últimas palavras das frases, "bun-da", "in-vi-sí-vel".

Se ela achava que tinha uma dívida com João por ele tê-la tirado do cu do mundo, era obrigada a considerar a civilidade que Rogério ensinou. Os poucos namorados e casos que teve, nesse tempo todo em que trabalhava para

Rogério, tiveram sempre que passar pela aprovação do patrão. Era ele quem dizia: "Vai com esse, pra esse você pode dar, pra esse é só boquete." Ele afirmava que conseguia ver através das pessoas, intuía se eram gente boa ou não, se o fulano ia fazer Madona sofrer ou não.

"Amiga, a gente gosta de homem. Mas a verdade é que não precisamos deles." Era seu mantra, que Madona assumiu.

Rogério entrou na copa para se servir de café e pegou Madona no gesto de cruz-credo. E questionou:

— Nosso dinheiro vai para o ralo e temos que ficar todos quietos?

"Nosso dinheiro", no caso, foi colocado de maneira proposital. O dinheiro era de Madona e só dela, mas o projeto do show de teatro de revista era dos dois — e ainda tinha o apoio de todo o pessoal do salão. Rogério havia dito que entrava com metade, assim que Madona tivesse a parte dela. Ele já tinha falado com alguns amigos, alguns atores, gente graúda, o José Wilker, pessoal interessado em colaborar. Mas agora o sonho estava distante, já que o dinheiro tinha ido pelo ralo. Ralo chamado João.

— Ninguém sente mais que eu, mas, sinceramente, não posso nem imaginar uma briga com o João. Ele é perigoso. Queria mesmo era que ele sumisse da minha vida.

— Quando alguém nos rouba uma vez, duas vezes, e não falamos nada, pode acreditar, ele vai aparecer uma terceira vez...

— ...

— Se alguém te dá um tapa ou você dá logo um tiro ou vai tomar outro em breve.

*

No orelhão, Elvis tentava falar com o pai, seu Heitor.

Engraçada, essa Elvis: adorava sua máquina fotográfica digital e seu laptop, mas detestava telefones celulares. Até tentou usar, mas perdeu todos. Também esquecia de botar crédito ou de pagar a conta, não sabia usar a agenda, achava o teclado sempre pequeno demais, tinha que apertar os olhos para discar... Um saco. Mal se dava conta de que as chamadas a cobrar dos orelhões cariocas para o celular do pai, lá de Poços, ficavam caríssimas. E o pai nem contava, com medo de magoar a filha.

— Oi, meu amor. Como está a Cidade Maravilhosa?

— Tudo bem, pai. O corretor foi lá ver o apartamento.

— Que bom. Se vendermos bem esse apartamento, conseguimos pagar as dívidas e vai até sobrar um dinheiro para um ano de aluguel seu aí, até você conseguir um emprego decente.

— ...

— Como estão as coisas? Nada no jornal?

— É difícil, pai. Eles sempre precisam de jornalistas, mas não tem muita rotatividade de fotógrafos. Se ao menos eu soubesse escrever bem...

— Ah, minha filha, fica tranquila. Pode demorar, mas daqui a pouco você consegue sua chance.

— Eu arrumei um trabalho, pai...

— ...

— É numa pizzaria...

— Filha...

— É bacana, eu entrego pizzas... É só aqui no bairro, só em Copa, é limpeza, os donos são ótimos.

— ...

— Acho que se eu encontrar um outro empreguinho durante o dia, consigo me manter, alugo um quartinho, vou esperando.

Do outro lado do telefone, os olhos do pai se encheram de lágrimas.

— Minha filha...

— Pai, estou crescidinha, tenho que me virar, né? Você fez muito, muito mesmo, por mim.

— ...

— Tomara que dê certo a venda do apê. Manda um beijo pra mãe.

Do lado de cá, a menina dos olhos azuis tinha um nó na garganta e um medo de não conseguir viver sem a ajuda do papai. Tinha medo de não conseguir desmamar.

*

Eventualmente, Madona fazia shows em casas noturnas. Eram shows de dublagem ou dança, mas gostava mesmo era de cantar com playback. Continuava fazendo os shows menos pela grana — os clubes sempre pagavam muito pouco — e mais por gosto, para estar na ativa, para mostrar as belas pernas torneadas, para pegar sempre um ou outro bofe de qualidade razoável no final da noite. Os shows apareciam mais nas sextas e nos sábados — e naquela sexta apareceu um. Era no La Mona, uma das melhores casas de Copa. Era um dinheiro mais que bem-vindo. Ela aceitou e convidou o pessoal do salão.

*

— João, é o Cride.

— Digaí.

— O chefe disse que tua soma tá quase impagável...

— Que isso? Não mereço nem um pouco de respeito?

— Teu sumiço deixou o pessoal aqui bem puto...

— Pô, mas voltei. Não sou Papai Noel, não fui morar em Natal!

— ...

— Tô com a grana, me diz quanto é.

— O negócio é o seguinte, o patrão tem uma oferta.

Não precisava ser escolado no mundo do crime para saber que João estava fodido. Ia ter que fazer algo ruim, algo muito ruim, para compensar o tempo que ficara sumido. O desfalque de grana que ele tinha dado era pequeno, se comparado a tantos outros que os grandes traficas tomam. As dívidas grandes eram resolvidas com bala na cabeça, execução — não pagou?, tiro na testa! Para as dívidas menores, como essa do João, havia missões.

— Você tinha um ponto lá no Seis, né?

— Claro, tá com o Zé Clarinho.

— Pois é...

— ...

— A gente quer te devolver aquele ponto.

— E?

— Você quer?

— Pô, quero muito. Qualé?

— Apaga o Zé, fica com os aviãozim dele...

— ...

— A gente te dá a fita, hora, lugar, tudo...

— ...

— É ir lá, ficar de butuca, teco na nuca.

— ...

— Aí a tua dívida cai pra quinze pacotes só.

— Quinze pacotes?

— Porra, João, tem juros. Aqui é pior que banco, mermão!

João não tinha escolha, ele sabia. Ia ser lindo pegar o Seis de novo — vender drogas ali era bico, moleza; os polícias estavam todos no esquema, cada um levava sua parte; os bacanas pagavam caro por uma trouxinha de maconha, um papelote de coca. Com a grana que tinha conseguido com Madona, dava pra pagar os quinze pacotes e ainda sobrava algum. O Zé devia ter pisado na bola feio com o chefe, já que o ponto era filé pro crime, coisa altamente rentável.

— Dá a fita que eu faço o serviço.

— Só tem um probleminha...

— ...

— Tem que ser hoje!

*

O calor estava insuportavelmente úmido, Elvis passava a mão pela testa e pelos cabelos, tentando enxugar o suor. Ela procurava um emprego — ou, como dizem, uma "colocação". Olhava as lojas, procurava cartazes. Na verdade, parecia um zumbi de filme de terror fuleiro, vagando por entre desocupados, castigada por um sol inclemente, procurando algum cérebro para almoçar.

Para fugir do calor, entrou numa livraria.

"Ufa!"

Sentindo o geladinho do ar-condicionado, ficou vagando, olhando as lombadas dos livros, os desenhos das capas dos álbuns de arte. Há muito tempo ela não comprava livros. Pensou que, até recentemente, adorava varar as noites lendo um livro atrás do outro. Como esse passado estava distante! "Nem me reconheço mais, parece que não faço mais nada do que sempre gostei", pensou.

Deteve-se num livro grande, com o título de *Travesties*. Era a peça de Tom Stoppard com fotos da montagem original, de 1974, da Royal Shakespeare Company. Apanhou o livro, folheou e lamentou não ter dinheiro para comprar.

"Um livro tão bonito!" Ato contínuo, pensou em Madona, o título a fez lembrar dela. Sentou num sofá, o livro no colo.

Que vida difícil ela devia levar. Era uma bela mulher: a foto no espelho não tinha passado por nenhum programa de retoques, nenhum *Photoshop*. Que pernas!

Fechou os olhos pelo cansaço, cruzou as pernas, encostou a cabeça no sofá confortável. Respirou fundo. Podia tirar um cochilo ali. Um cochilo rápido. Mas nem bem pensou nisso e já estava nos braços de Morfeu.

O sonho, como o sono que se sucedeu, foi rápido e profundo. Primeiro, ela estava num palco de teatro com dois ou três homens que não reconheceu de imediato. Depois apareceu Madona, linda, com os cabelos bem amarelos, muito longos. Havia uma música de fundo. Ela reconheceu um dos homens, era Oscar Wilde — e ele se parecia com Madona, os dois conversavam como velhos amigos, ou irmãos. Ou irmãs, sei lá.

O outro homem tinha um aspecto de marginal, de bandido, era pequeno e sujo — ela reparou ou intuiu que ele tinha sujeira debaixo das unhas compridas. Esse homem era um ladrão. Ele deu uns passos em direção à animada conversa entre Oscar e Madona e se transformou em outro homem, outro homem igualmente sujo e ladrão. De repente, todos estavam com os pênis à mostra e tentavam se masturbar, mas estava muito frio ali, eles batiam o queixo e não conseguiam ereção.

Acordou de súbito, com frio, com um atendente batendo em seu ombro. Sentiu um arrepio — e que estava levemente excitada. Se esfregasse as coxas com aquele seu método, talvez gozasse. Mas não havia tempo, tinha que sair daquele frio ou ficaria doente e teria de faltar ao trabalho. "Faltar no segundo dia de trabalho, isso é tudo o que eu não posso!"

Ganhou a calçada, sentindo o bafo quente das ruas, e pensou sobre o sonho, que foi se esvanecendo rápido. "Preciso parar de pensar besteiras." Esse era um pensamento corriqueiro.

Lembrou-se de que precisava telefonar para a mãe de Yasmin, a jovenzinha que queria ser modelo e fotografar no domingo, na praia. Um horror de trabalho, mas um dinheirinho bem-vindo. Parou num orelhão, sacou o cartão telefônico, ligou. Marcaram para as nove da manhã, dali a dois dias.

E correu para o apê, para um banho e para voar pro trabalho.

*

A fita era a seguinte: Zé Clarinho encerrava as atividades por volta de sete ou oito da noite. Pagava os aviões, dispensava os seguranças e passava sempre no apartamento de uma garota, uma tal Neusinha. Segundo Cride tinha contado, ali o Zé tinha um cofre escondido, onde guardava a grana e estocava uma parte da droga — tudo sem conhecimento ou consentimento do patrão. Ele estava chutando a droga, colocando merreca nos papelotes, cortando a erva pela metade nas trouxinhas, para guardar um pouco no muquifo da tal Neusinha. Também estava contando umas lorotas de calotes, para ficar com um pouco da grana, esconder ali. Talvez o Zé estivesse com ideias de dar um voo solo, mas, agindo desse jeito, ia mesmo era se dar mal. O patrão sabia que João Tripé era de mais responsa nesse sentido, menos ousado. Se ele conseguisse mandar o Clarinho abraçar o capeta, era fácil mandar uns urubus baterem na porta da Neusinha, à procura do tal cofre, do dinheiro e das drogas — se é que elas estavam mesmo lá.

O Zé tinha um trato com um taxista que o apanhava toda noite, às nove e meia, bem em frente ao edifício da Neusinha. O Cride achava mais fácil pegar o cara na saída — e tinha que ser jogo rápido: um teco, dispensar arma, correr, virar uma esquina, trocar de camisa, entrar num boteco. Tinha que ser um-dois-três.

João nunca tinha feito. "Mas eu não sabia andar, e aprendi", pensava. Não tinha o que não topasse, desde que valesse a pena. "Se eu me der mal, moro um tempo na cadeia. Fazer o quê?"

O Cride ligou por volta de seis da tarde, para finalizar o lance. A arma, uma .32, estaria dentro de um saco numa lixeira a duas quadras do prédio da Neusinha.

Era coisa do João chegar por ali às nove, pegar a arma, fazer uma horinha na calçada, num lugar escuro, sem dar cara ou bandeira, esperar o Zé Clarinho sair... e tecar. Ele se programou pra isso, sem contestar. Mas ia fazer do jeito dele, claro.

*

Bill, ajudante no salão, amigo e fiel escudeiro de Madona, foi convocado para ajudar nos preparativos para o show no La Mona. É um garoto de vinte e um ou vinte e dois anos, gay espalhafatoso, rodado, que adora a noite, os amigos viados, as amigas velhotas cheias de dinheiro e, principalmente, os caras que não pegam ninguém e procuram alguém para chupá-los. Bill era esse alguém. Sempre.

No apê de Madona, eles conversam e riem muito, falando besteiras, contando intermináveis casos, trepadas, histórias. Na verdade, ele adora Madona e sempre prefere ouvir, estimulando-a para que invente cada vez mais variações das mesmas sete ou oito boas histórias que ele ouve há três ou quatro anos. Amigas, enfim.

São quase nove da noite, trabalharam pesado o dia todo no salão e estão cansadas e famintas.

— Não tem nada pra gente comer aqui, patroa?

— Não, Bill. Vamos pedir uma pizza?

Lembra-se de Elvis. A entregadora-fotógrafa. Será que a garota é boa mesmo com a câmera? E se ela fizesse umas fotos do show logo mais?

— Bill, faz um favor: liga pra pizzaria, o telefone tá no ímã da geladeira... Pede o sabor que você quiser, diz que é pra mim, mas fala que é pra Elvis trazer.

— Hmmm, quem é Elvis?

— É uma menina muito especial. Ela me ajudou ontem, quando o João me roubou. Ela é fotógrafa também, vou convidar pra ver o show de hoje, como forma de agradecer.

— ...

— Quem sabe ela não aproveita e faz umas fotos legais.

Bill ligou. Em breve, Elvis estaria a caminho.

*

Houve um preparo, João não era muito inteligente, mas era macaco velho. Preocupou-se com o visual, tinha visto muitos filmes, conversado com muitos marginais sobre esse tipo de coisa. Foi ao shopping, comprou uma calça de brim preta; uma camiseta amarela, com desenhos em rosa, bem espalhafatosa; uma jaqueta escura, com zíper, bem sóbria; meias brancas e pretas; um tênis preto, macio e confortável; e uma sandália de couro, com detalhes em vermelho e amarelo. Pegou também luvas, um boné preto e uma pochete grande, preta. Foi para o banheiro da rodoviária.

Jogou fora a roupa que estava no corpo e tomou um banho. Vestiu a calça, a camiseta amarela e a jaqueta, fechou o zíper da jaqueta até o fim. Calçou a meia branca, depois a preta, por cima — e o tênis. Botou o boné, enfiou a sandália na pochete. Estava uma perfeita sombra negra, se esgueirando pela escuridão. Um lobo-mau. Exu Tatá Caveira.

Foi andando, o mais discreto possível, o mais invisível possível.

Chegou à lixeira, ficou por ali uns bons minutos, disfarçando que estava esperando alguém, olhando para um relógio imaginário. Não olhava para ninguém, olhos baixos na ponta do tênis. Quando viu que era o momento, enfiou o braço na lixeira e sentiu, de pronto, a dureza metálica da arma, através da pele fina do saco de lixo. Rasgou o saco, apanhou rápido a arma, abriu a pochete e colocou a arma ali, junto com a sandália. Foi para as imediações do edifício da Neusa, ele bem sabia qual era, conhecia a região como ninguém.

Passou duas ou três vezes, checando com o canto dos olhos se havia câmeras, pessoas que pudessem olhar bem para a cena e identificá-lo. Correu um pouco por ali, como que para testar os tênis novos. Saltitou. Estava se sentindo bem. Na verdade, estava com fome, tinha quase dois dias que passava a joelhos e bolinhos fritos da rodoviária. Mas estava com dinheiro nos bolsos, animado, feliz, tinha uma certeza intrínseca de que tudo ia dar certo, essa certeza que o assassino sempre tem — ou não seria um assassino.

O relógio de rua marcava nove e dezessete. Ele procurou um local. Posicionou-se, cabeça baixa, a pochete aberta, pendurada no ombro esquerdo.

E não eram ainda nove e vinte e cinco quando um táxi encostou e o intestino de João gelou, soltando um peido breve.

Passos rápidos, Zé Clarinho desceu os três degraus que separavam o hall de entrada do edifício da calçada. Ele não daria mais que quatro passos até estar dentro do táxi. João não viu sua cara — e nem precisava: Zé Clarinho tinha esse nome por ser albino, o único maldito passador de drogas albino de todo o Rio de Janeiro. João conhecia aquele cabelo branco, branquinho, aquela nuca rosada. E aquele jeito moleque de andar, sem nenhuma classe.

Algumas pessoas vinham, de ambos os lados, no passeio. O sucesso da missão do matador estava na rapidez do tiro e da fuga — ele já tinha pensado nisso milhares de vezes nas últimas horas, nos últimos minutos, mas agora era real — e o tempo parou por um ou dois segundos, quando ele escolheu a direção em que ia correr.

Deu um pulo no ar, ergueu a arma e apertou o gatilho. A bala entrou na cabeça, na base do crânio, banhando de vermelho e pedaços cremosos a lataria amarela do automóvel. Dando sequência ao salto, correu: em três segundos dobrou uma esquina — e continuou. Dispensou primeiro a arma, numa lixeira; dobrou outra esquina e dispensou a jaqueta, que tirava enquanto corria, e as luvas. Depois da terceira esquina, maneirou o passo, o coração disparado, a boca seca. Era uma ruela sem movimento. Caminhando devagar, tirou os tênis. Parou, colocou-os estrategicamente no meio-fio para que o primeiro mané que passasse ali pegasse. Tirou a meia preta e jogou por ali, calçou as sandálias enquanto caminhava. Estava agora de meias brancas com sandálias — e uma camiseta que nenhum assassino usaria. No primeiro terreno baldio, dispensou a pochete. Era outra pessoa, chegando a uma das ruas mais movimentadas do bairro.

Entrou na padaria Flor de Copacabana. Encostou no balcão, pediu uma cerveja. Respirou fundo. Era agora um homem livre.

*

Ela se olhou no espelho e pôde confirmar o que Bill tinha acabado de comentar: estava linda! Linda, como há muito não se sentia. De luvas longas, espartilho, *short* de couro, cinta-liga e botas de vinil que subiam até os joelhos, estava uma perfeita mulher fatal. E foi assim atender à porta, quando Elvis chegou com a pizza.

— Boa noite, *ma chérie*.

Elvis se assustou. Um desses sustos indisfarçáveis, de pular no mesmo lugar.

— Nossa!

— ...

— Mas você está linda!

— Obrigada, *chérie*. Hoje eu estou toda francesa!

Riram de leve.

— Entra, meu amor.

— Não posso, hoje é sexta, a pizzaria tá um inferno!

— Na-não! Entra só um segundo, vou te pagar e te apresentar pro Bill.

Elvis entrou.

— Esse aqui é o Bill, o viado mais viado de todo o Rio de Janeiro.

— Oi, na verdade eu sou a She-Ra!

Riram.

Elvis mal acreditava que Madona era a mesma pessoa da noite anterior, toda despedaçada no chão, com a cara borrada, descabelada. Estava mesmo linda, parecia uma Marlene Dietrich bombada, músculos retesados, uma força da natureza. Elvis olhava interessada, curiosa, enquanto Madona se movimentava, leoparda, dentro do apê minúsculo, à procura do dinheiro.

— Toma, linda, o dinheiro de ontem e da pizza de hoje. O troco é seu.

— Obrigada — disse Elvis quase em estado de letargia.

Já ia saindo quando Madona se lembrou:

— Escuta... Tenho um show hoje, por volta de uma da manhã, no La Mona...

— Ah, eu conheço o lugar.

— Então... o que você vai fazer depois do trabalho? Vai lá...

— Depende da hora que fechar...

— Você bem que podia fazer umas fotos minhas, né?

Madona piscou um olho, os belos cílios batendo lentamente, hipnotizando Elvis.

— Eu vou. Se não chegar a tempo do show, a gente toma uma...

— Isso! Tá bom! Te espero lá.

Elvis saiu. Foi o bastante para que Bill comentasse.

— Que isso?! Que *boot* é essa? A menina estava te comendo com os olhos!

Madona riu.

— É uma menina linda, né? Uma fofa!

— Fofa não, fofolete; essa aí dorme na caixa!

— É, mas a Betty Faria!

Gargalhando, foram comer a pizza de banana gigante. Ou melhor, a pizza gigante de banana.

*

A moto deslizava pelo asfalto e ela nem se sentia pequena, como de costume: sentia-se uma cavaleira, uma amazona, era um sentimento estranho para ela. Sempre adorou motos, sempre amara sua Suzuki negra, mas sempre havia ali, nela, uma sensação de ser pequena demais, nanica mesmo, quando subia na moto. Sentia-se assim desde sempre — afinal, tinha pouco mais de um metro e meio de altura. "Será que meu complexo de inferioridade está indo embora?", questionou-se, em meio ao costumeiro turbilhão de pensamentos indesejados. O vento quente entrava por debaixo do capacete, ela respirava fundo, sentindo-se estranhamente forte, poderosa, indestrutível, alta, grande, gigante. "Teria aquela soneca de cinco minutos na livraria me renovado tanto?"

Mal chegou à pizzaria, outras entregas a esperavam. Antecipou-se ao Wendel:

— Deixa que eu entrego, hoje estou com gás!

Apanhou os pedidos, guardou as pizzas com cuidado no bagageiro e partiu. Duas ou três quadras adiante, viu algumas travestis nas esquinas. "Que degradação, que vida desumana elas devem levar!" Depois lembrou-se de Madona, de como estava bonita; ela era diferente. E lembrou-se de sua própria condição: não era muito diferente das travestis de esquina. Talvez fosse ainda mais solitária. E, certamente, mais infeliz.

Não deixou que tais pensamentos estragassem seu ótimo humor. Estava numa noite de sorrir sozinha. Não sabia o motivo. Talvez descobrisse, mais tarde.

*

João Tripé não sabia, mas ele mal disparou contra Zé Clarinho e dois brutamontes bateram na porta da Neusinha. Ela abriu, assustada com o disparo e com as batidas imediatas. Um dos gorilas deu o primeiro soco, direto na boca. Ela caiu de costas. Entraram.

— Se você não gritar, talvez nem morra.

— Sabemos que aqui tem dinheiro e drogas. Diz onde está, nós pegamos e saímos. Ninguém se machuca.

Ela não podia falar, não sentia os lábios. Não sentia nada do pescoço para cima, na verdade. Balançava a cabeça, tentando entender o que estava acontecendo, como um animal que leva a primeira cacetada na cabeça e sabe que vai ser morto na sequência, vai servir para a grelha do churrasco em breve.

Um dos brutos começou a xeretar o local. Viu o sofá-cama aberto, com lençol e travesseiros desarrumados, preservativos usados, lubrificante íntimo, uns DVDs piratas espalhados pelo chão, pela mesinha de centro, a TV ligada na novela da Globo, pó, cinzas, tufos de cabelo por toda parte. Num canto, reparou em cachimbos de crack, um espelhinho pequeno com restos de cocaína, duas embalagens abertas e vazias de Big Mac.

— Vocês comem essa merda de McDonald's? Isso faz mal, porra!

O outro riu e se aproximou da Neusa, ainda estirada no chão. Fingiu estar bravo pra valer.

— Cadê a porra do dinheiro? Não vamos ficar aqui a noite inteira! Eu tenho família!

Ela balbuciou...

— Vocês mataram ele... Vocês mataram o Zé?

— Não, não, dona Neusa, nós somos a equipe que mata mulheres. A equipe que mata traficas traidores já foi embora. Agora a senhora abre o bico ou vai fumar crack com o Zé lá no inferno!

Ela considerou brevemente. Sabia que ia dar merda. Tinha até falado pro Zé, mas ele era cabeça-dura. Não adiantava querer a liberdade sacaneando o patrão.

Fazia seis meses que haviam se apaixonado, ela comprava pó com ele. Zé começou a passar por ali todo final de tarde. Fodiam, fumavam um pouco de crack, cheiravam, e ele ia pra casa. Mas ele não queria mais voltar pra casa: já não tolerava a mulher, o filho estava metido com uma gangue que assaltava supermercados, a filha, de dezesseis anos, estava grávida de um maconheiro metido a cantor de rap. A vida dele tava um inferno — e juntar uma grana e fugir para um lugar tranquilo, com Neusinha, era sua meta. A incumprível meta.

— Embaixo da cama... Tá lá... No canto...

A cama foi arrastada e eles puderam ver a caixa, trancada com cadeado.

— Tá tudo aí, mas a chave...

— ...

— Era o Zé que ficava com ela.

Os dois capangas se entreolharam.

Não havia muito o que fazer.

— O patrão falou pra gente não te matar: você é uma pobre pedreira, morrer é uma questão de tempo. O patrão acha que você vai ficar quieta, não vai dar com a língua nos dentes. Então nós vamos embora, se seu bico ficar calado!

— Tá. Pode ir. Tudo acaba aqui.

— ...

— Toda noite, tudo sempre acaba aqui.

Ficou no chão, a Neusinha, enquanto os dois saíam pela porta, levando a pequena mala fechada a cadeado. Lá embaixo, moradores do prédio, curiosos, imprensa e policiais tentavam entender o que tinha acontecido, quem era aquele albino sem face, que tinha levado um pipoco na nuca. Os dois passaram incólumes pela multidão, ninguém nem se interessou por eles.

*

O telefone tocou e era o Cride, dando parabéns pelo trabalho.

— Agora só falta a grana, né?

— Não dá pra fazer um desconto aí, Cride?

— Ué, mas já tá com desconto, João. São só quinze pacotes mesmo! O Cride riu, João não viu motivo.

— Onde é que você quer que eu entregue?

— Vamos pensar... Eu queria botar a mão nisso ainda hoje...

— Diz aí.

Cride pensou um pouco.

— Que tal um encontro na orla, lá mesmo, no Seis?

João considerou: deserto e escuro demais. Podiam até matá-lo ali.

— Cride, eu queria comer alguma coisa, preferia que fosse num lugar mais movimentado...

— Um restaurante, João? Mas você tá muito refinado!

— Bom, pode ser uma boate.

— Boate? Bom, não conheço muita coisa aí em Copa.

— Que tal o... La Mona?

*

A movimentação na coxia do La Mona era grande. A organização da casa decidiu fazer uma noite das grandes musas de Copa e Madona estava envaidecida por ter sido escolhida, entre tantas travestis maravilhosas que ela mesma admirava. Seriam oito números, o show de Madona teria início por volta de uma da manhã. A música eletrônica dava o tom da noite, o pessoal dançava, os casais, de todos os tipos, se encostavam no balcão para beber, conversar e beijar — a fauna copacabânica mostrava sua diversidade.

Bill arrumava Madona no camarim número nove, ambos alheios à movimentação na pista. Assim, não puderam ver quando João Tripé entrou, todo dono de si, e se sentou em uma mesa no canto mais escuro da casa, sozinho. Pediu cerveja e um frango a passarinho e estava devorando até os ossos e cartilagens com os dentes fortes quando o Cride e sua turma chegaram. O Cride, um coroa de bigode e cabelos brancos, parecia mais um tio velho que sempre dá doces para as crianças quando é dia de festa. Estava com um ridículo chapéu-panamá, moderno demais para sua idade. E com os seguranças.

O dinheiro estava dentro de uma cinta de couro, João tinha ido até a rodoviária para buscá-la e trocar de roupa mais uma vez. Mal se cumprimentaram, ele e Cride, e João já sacou a cinta.

— Taí dentro, Cride. Quinze pacotes.

— Calma, João. Nem me oferece um franguinho?

Cride sentou, seus três ou quatro brutamontes ficaram por ali, na miúda, filmando a cena, lambendo os beiços.

— Foi difícil, João?

— Não sei. Não foi fácil nem difícil. Achei que fosse me cagar, mas só soltei um peido.

Cride riu. Adorava piadinhas. Mas João não achava graça em quase nada — não falara para ser engraçado, só contara como foi.

— Rapaz, você fez um ótimo serviço.

— ...

— Agora você tem que falar com o Beléu.

— ...

— Você conhece o Beléu, né? É o cara que distribui no Seis... Você vai trabalhar com ele. Ele já sabia que o Zé ia bailar. Vai te ligar amanhã, logo cedo...

— Conheço Beleuzim.

— Então vê se vai dormir cedo, não vai me arrumar um pau de salão aqui, hein?

— Não quero nem saber de traveco, Cride.

— Se liga, João! Se você trabalhar direito, fica rico no Seis.

— É o que eu quero, Cride.

— Então fala com o Beléu. Vê como a distribuição tá rolando.

— Eu sei como funciona, Cride.

— Tá. É que as coisas estão mais rápidas, agora usamos táxis e tem uns códigos de celular pra você aprender.

— Tá.

— Então, meu velho, bom apetite... Você e eu temos muito trabalho pela frente.

E foi embora, levando os malacos, deixando João com seus sonhos de grande trafica e pedaços de frango.

*

O relógio de parede da pizzaria mostrava uma da manhã — e havia mais três entregas no gatilho.

— Pô, Wendel, meu gás acabou. Entrega essas aí pra mim.

— Pô, Elvis, também tô pregado.

— Quebra essa.

— Hmmm...

— ...

— Só se você disser que tira umas fotos minhas, um dia desses... — Fotos?

— É. Tô sabendo que você é fotógrafa. Eu queria seguir carreira de modelo, mas não deu certo.

“Imagino o porquê”, pensou Elvis. Wendel era feio pacas.

— Você quer tirar fotos pra quê?

— Ah, pra colocar no porta-retrato, fazer um pôster...

— ...

— As meninas pedem fotos minhas, eu nunca tenho pra dar.

— ...

— Quero fazer umas bem sensuais.

E fez uma pose de gostoso, como se fosse possível posar de gostoso.

— Wendel, não é por nada não, mas você teria que reencarnar pra ficar gostoso. Deixa que eu entrego as pizzas.

Wendel ficou ofendido, mas apenas de leve, já que não tinha discernimento bastante para ficar realmente magoado por qualquer comentário, ainda mais por um que ele não entendera muito bem.

— Não, Elvis, deixa aí, eu entrego. Só estava te enchendo o saco.

Ela sorriu.

Beijou a Rosa, o Carlos e o Baianinho, disse que não precisava de brotinho naquela noite, e tocou pro La Mona.

*

Duas artistas performáticas — que é como elas gostavam de ser chamadas — já tinham se apresentado quando João se levantou para sair. Pegou a comanda, tirou umas notas do bolso, acendeu um cigarro e ficou na fila do caixa, tinha três ou quatro pessoas na sua frente. Foi quando o *DJ* anunciou a próxima atração: Madona. Ele quase deixou o cigarro, que tava no canto da boca, cair. Ergueu as sobrancelhas para olhar melhor.

"A puta ainda tá fazendo show!"

Do lado de fora da boate, enquanto tentava convencer o pessoal da portaria de que tinha sido convidada — "A casa tá cheia, assim que sair um você entra" —, Elvis ouviu o DJ anunciar Madona. Ela já estava no palco quando Elvis conseguiu botar os pés pra dentro.

— Obrigada a todos. Esse show tá maravilhoso, com algumas das mais poderosas, lindas, queridas e talentosas artistas de Copa. Tenho imenso orgulho de fazer parte desse time.

O *DJ* soltou a base, Madona foi atrás, cantando aquela que era a sua especialidade: "Like a Virgin", da ídola-mor.

Na mesa do gargarejo, Rogério com um ficante, Norminha e outras duas colegas do salão, alguns fãs de Madona. Todos que estavam ali conheciam o João, mas não tinham reparado na sua presença — ele havia estado, até então, na treva, morcegando. Uns rapazes bonitos nas mesas ao lado, no que parecia ser uma despedida de solteiro, faziam uma enorme algazarra.

Elvis sacou a máquina fotográfica e procurava os melhores ângulos. Madona cantava quando a viu ali, disparando flashes. As garçonetes do La Mona, naquela noite, estavam fantasiadas de anjos, com asas amarradas nos ombros, e, num olhar de soslaio, Madona entendeu que as asas de uma delas pertenciam à própria Elvis. Era a sua menina-anjo. Ao vê-la, quase esqueceu a letra da música.

— *Like a virgiiiiiin, touched for the very first time, like a viiiiirgin, with your heartbeat next to miiiiine...*

Foi a maior onda de aplausos até então, naquela noite. E Madona se jogou do palco para os amigos, que se levantaram e foram abraçá-la e beijá-la. Elvis também a abraçou forte, beijando o rosto suado da amiga. "Que cheiro bom, que cheiro de mulher", pensou.

Foi nesse momento que o olhar de Madona se deslocou e cruzou com o dele, lá no fundo. Ele sorriu e apontou para ela — e um arrepio a percorreu. Elvis notou algo de errado, mas a amiga disfarçou. E João, que já tinha pago a conta, sumiu no escuro, como uma sombra maldita.

Madona se sentou, pediu uma água, disse que estava cansada. Não disse nada sobre João.

*

— Putinha, quero ficar até amanhã contigo, quanto é?

João pegou uma traveca na esquina e foi para um quartinho ali perto. Queria foder um cu, tomar mais algumas cervejas e descansar. Tinha mentido quando disse para o Cride que não queria mais saber de traveca. Sempre quis.

No outro dia, teria trabalho — iria voltar para o batente de que tanto gostava. Podia muito bem se divertir na véspera.

*

O pessoal ficou vendo os shows até quase três e meia da manhã. Rogério e Bill já tinham partido com seus ficantes, depois Norminha saiu prum boquete rápido no Pachecão — e ele a deixaria em casa. As amigas foram embora.

— Bem, *honey*, ficamos eu e você.

— ...

— Vamos sair dessa barulheira toda. Vamos tomar uma no Cervantes!

Saíram, caminharam pela calçada, Madona de salto plataforma, mais de dois metros na altura, Elvis mal chegava ao seu peito.

— Se eu fosse homem e você mulher, você me pagava boquete em pé!

A brincadeira de Madona foi para quebrar o gelo, para que Elvis percebesse que ela já tinha notado. Mas Elvis quase não sorriu, não se considerava divertida, não gostava de piadas sexuais, quase não falava palavrões. "O sexo tem sido a causa de tanto desentendimento e trauma, não é possível que seja algo realmente engraçado, motivo pra piadas", teria dito uma vez, quando lhe contaram a piada das sapatas com clitóris avantajados.

Uma única mesa estava vaga no Cervantes, o lugar em Copa que nunca fecha. Sentaram.

— Copacabana parece um filme, né?

— Hmmm, às vezes tenho essa impressão, de estar num filme. Mas não é um filme muito bom.

— Hahahahaha... O meu filme bem podia ser um musical!

— Musical? Credo! Não gosto de musicais.

— Eu gosto. Quer dizer, prefiro filmes água com açúcar, esses filminhos bem bobinhos... acho uma delícia.

— Sério? Não tenho paciência. Nesses filmes é tudo muito certinho, a vida de todo mundo é cor-de-rosa.

— Você gosta de que tipo de filme? Vai me dizer que gosta de filmes de terror...

— Não chego a tanto. Mas eu gosto... de filmes... de artes marciais!

— O quê?

— É, filmes do Bruce Lee, sabe?

Elas riam: duas amigas de longa data, enchendo a cara. Quem poderia dizer que aquela pirralha com pinta de bofe gostava de Bruce Lee?

Madona riu, olhando bem para ela. Já estavam bêbadas.

— Elvis e Madona em Copacabana... Isso dava nome de filme, não dava?

— Dava. Ei, podia ser um filme de terror! Mas não muito bom.

— Hahahahaha... Você sempre acha que meus filmes não são bons! Pode parar!

— Ah, mas como um filme chamado *Elvis & Madona em Copacabana* poderia ser bom?

— Ué, ele podia contar a história de um imitador do Elvis, um cara que fazia shows nas casas cariocas rebolando como o ídolo enquanto Madona seria uma travesti linda e famosa que imitava a deusa platinada e os dois se encontrariam e viveriam um tórrido romance...

— Hahahahaha...

— Elvis fodendo Madona enquanto canta, como é que é?, "It's Now or Never"!

— Hmmm, nessa cena talvez ficasse melhor "Don't be Cruel".

— Não conheço.

Elvis cantarola um pedaço. E emenda outra:

— *When I'm with you, I don't know day from night, wrong from right, you are my world, that's all I know, I love you so, I won't let go. Please don't stop loving me. Darling, you'll always be mine alone...*

— Que lindo! Nunca tinha ouvido essa...

Elvis corou. Foi a cerveja que a encorajou — e ela lembrou da música imediatamente, todinha.

— Adoro essa música. Bom, eu conheço quase tudo do Elvis, né?

— Imagino...

— E essa música fala sobre o quê?

— Hmmm, o cara pede pra garota não deixar de amar ele...

— Sei...

Pediram outra cerveja.

*

Era uma noite quente, a dessa sexta-feira. Copacabana era mais Copacabana quando a madrugada era quente. Não havia horário, não havia limites para quase nada. O calor ficava à flor da pele, todas as línguas queriam apagar incêndios, todos os suores procuravam suores alheios. Nessa noite, o bairro parecia em chamas: os carros estavam parados, as pessoas passavam voando; as baratas e ratos deixavam seus esgotos atrás de poças frescas de orvalho — e não encontravam; súcubos se exilavam do mundo dos sonhos, ganhavam as calçadas rachadas, estalando ainda a quentura da tarde. Copacabana no calor: o diabo não recomenda.

*

Seis, sete, pediram a oitava cerveja. Já estavam com aquele falar mole, aquela mistura de euforia etílica com cansaço, sono, calor e alegria, sim, há muito tempo não se sentiam tão alegres. Mesmo com todas as tragédias e histórias tristes que contavam uma para a outra, mesmo com o roubo trágico que Madona havia sofrido, mesmo com a iminente venda do apartamento, que ia desestruturar a vida de Elvis, mesmo nesse cenário, montado através de histórias que uma contava à outra, estavam estranhamente felizes.

Madona havia narrado toda a sua história, aberto seu coração. Só omitiu os três filmes pornôs — que, na verdade, viraram cinco ou seis, fizeram edições diferentes, lançaram com outros nomes, ela perdeu o controle sobre isso — e exagerou sobre o amor que João sentia por ela. "Ele ficou completamente apaixonado por mim, mas eu queria viver a minha vida. Acho que o que ele fez, me roubar assim tão descaradamente, foi uma espécie de vingança." Essa era mais uma fantasia romântica sobre si mesma, dessas que as monas adoram inventar.

Elvis, por sua vez, não contou muita coisa. Falou que estava tudo insustentável em Poços de Caldas, a família era muito conhecida por lá, ela era tida como uma "garota-problema" — ou "garoto-problema", que era como a chamavam, na verdade.

— Eu só queria ficar na minha, andar de mobilete, fumar meus baseados, tirar minhas fotografias... Mas parece que aonde eu ia, tinha alguém que fugia de mim, tinha alguém que apontava o dedo pra mim. Assim que acabei o colegial e ganhei essa moto, vim pro Rio.

— E veio pro lugar certo: Copacabana!

— Quando meu pai aceitou esse apartamento como parte do pagamento de um trabalho, Copacabana era muito chique, o centro do mundo, não essa decadência que se vê hoje.

— Decadência?

— É, essas putas no meio da rua, essa sujeira, drogas, bandidagem...

Madona ficou em silêncio, bebericando um pouco. Elvis se deu conta de que estava sentada com uma travesti, alguém que, provavelmente, aprovava o *modus vivendi* copacabânico.

— Desculpa, me expressei mal.

— Eu entendo... Quer dizer, não entendo muito bem, porque a pessoa aqui é burra, nem o colegial eu terminei. Mas para alguém que vem do interior de Minas, mesmo que seja lésbica e maconheira, encontrar putas e travecas com o nariz cheio de pó pode ser uma experiência bem traumatizante.

A acidez do comentário podia colocar a amizade de ambas em risco. E não era isso que Elvis queria.

— Eu estou com sono e cansada... Me desculpa...

— ...

— Na verdade, eu adoro, eu amo Copacabana!

— ...

— Uma parte burguesa minha tenta negar isso tudo, mas eu amo Copacabana!

Apanhou uma garrafa de cerveja vazia e improvisou uma canção:

— *I love you, Copacabana...*

— Hmmm, o que você vai cantar agora?

— Hahahaha, vou cantar uma música de minha autoria!

— *I love you, Copacabanaaaaa...* Aqui, eu vi Madonaaaaa... Que vai entrar direto pra famaaaa... Mais chiquita que bacanaaaa...

Madona entrou na brincadeira.

— Eu quero um vestido de escamaaaa...

— E cadê a marijuanaaaaa?

— Aqui tem michê a preço de bananaaaa...

— Ela é a mulher na minha camaaaa...

— Ai, Elvis, que forte isso!

— Hahahahaha!

Estavam bem chapadas. Mesmo com a documentação da moto e a habilitação vencidas, mesmo assim Elvis pilotou, ambas sem capacete, Madona na garupa, cai não cai, até o apê da amiga. O sol estava perto de surgir, mais uma vez maravilhosamente quente, naquela manhã de sábado. Ela estava bêbada e radiante, feliz com essa nova amizade. "Que travesti gente fina, porra!" — assustou-se, pensando palavrão. Madona desceu, despediram-se rindo alto, vizinhos abriram janelas reclamando.

— Tchau, linda! Foi uma grande noite!

E Elvis foi embora, pensando que, se fosse homem, teria feito a amiga.

*

Marcaram numa padaria, João e Beleuzim — que estava acompanhado de mais três garotos, todos menores de idade.

— Bom, João, é o de sempre. O Zorzé, o Tuco e o Gordo ficam na orla, pescando interessados. Eles trabalham comigo tem mais de um ano, sabem tudo. O cara quer, encomendou, eles batem pra mim. Eu anoto, te mando um torpedo, você passa e me entrega.

— A novidade é o torpedo, antes era um papelzinho que um garoto vinha me trazer.

— Isso.

— Antes eu passava com meu carro, pra entregar... Agora vocês estão usando táxi, né?

— É. Você vai ficar num apê, tem três taxistas lá embaixo, no esquema.

— ...

— Eu te passo o torpedo, por exemplo, "3m 2c" é três trouxa de maconha, dois papelote de coca. Só vou passar torpedo se for mais que um pedido de cada. Se um dia eu te passar "1m 1c", cai fora, foge, que a casa caiu.

— Entendi.

— Aí tu pega a droga no mocó, entra no táxi e me entrega no calçadão. Eu passo pros meninos, que entregam e recebem. Às sete da noite, a gente para. Tem outro pessoal que passa droga aqui, à noite. É o combinado: temos sossego durante o dia, desde que não passemos nada à noite.

— Eu sei, é o Jacó Perigo que manda aqui à noite.

— É ele mesmo.

— Faz uns dez anos que esse pedaço é dele.

— É ele quem paga os polícia. Nosso trato é usar aqui das oito da matina às sete da noite.

— Eu sei, porra. Trabalhava nisso antes de você nascer, Beléu.

— ...

— Cumé que vocês fazem com o táxi?

— Acerto direto com eles, uma vez por semana...

— ...

— Tem que ficar esperto com esses porras, eles sempre querem nos roubar... já pensamos em usar carro nosso, mas fica muito manjado... táxi por aqui é o tempo todo, então não dá bandeira.

— ...

— A polícia tá na mão, mas a gente nunca sabe se tem alguém lá em cima querendo mostrar serviço, né?

— ...

— E sempre tem, né?

— É.

Eles tomavam café com leite e comiam pão com manteiga enquanto conversavam. A praia começava a encher de gente, o sol castigava já de manhãzinha.

— Quando é que a gente começa?

— O Cride falou pra gente já começar. Agora!

— ...

— Aqui tá o endereço do mocó, a droga toda tá lá. O celular que o Clarim usava também tá lá. Você vai pra lá, liga o celular e espera.

— ...

— Olha lá o pessoal chegando na praia... Temos que começar a trabalhar...

— ...

— Você precisa pegar logo o jeito, amanhã é domingo...

— ...

— Você sabe que dia é domingo, né, João?

— ?

— Você nunca assistiu o *Clube do Mickey* não, João? Domingo é dia do "tudo pode acontecer!".

Os garotos riram. Era como se tivessem contado uma piada muito inocente, dessas que contavam os adolescentes de quatorze ou quinze anos, lá em 1986, quando não perdiam um só episódio do Clube do Mickey.

*

— O que é que a Madona ficou fazendo com aquela menina até cinco horas da manhã nas ruas de Copa?

Era Norminha quem queria saber. A traveca-sapeca estava com olheiras e ressaca, tinha três clientes esperando desde nove e meia da manhã, e já eram quase dez e meia quando ela chegou, apertando as têmporas — coisa que fazia sempre que estava com dor de cabeça.

— Por favor, não falem alto. Minha cabeça está a ponto de *scanners*.

Era uma referência ao filme do Cronenberg, mas ela não sabia. Alguém tinha falado isso uma vez e ela achou legal.

Foi lá pro fundo e voltou dois minutos depois com o avental de trabalho, mas ainda com os óculos escuros.

— Só corte ou corte e tinta?

— Só corte. Um *chanel* Cleópatra básico.

— Bill, lava. É só pra corte.

As meninas, que trabalhavam acelerado desde cedo, não tiravam os olhos de Madona. Norminha tentou de novo.

— Vai dizer o que fazia com a menina até cinco da manhã na rua, *darling*?

— Essa menina, gente, é um anjo que caiu na minha vida, uma grande amiga, viu?

— ...

— Não adianta vocês ficarem com ciúmes, eu amo vocês também.

Todos riram.

— Quando essa menina tá com a Madona, fica comendo ela com os olhos...

Era Bill, que entrava na conversa sem ser chamado.

— Ah, Bill, nem posso negar isso, mas é claro que a fruta que ela gosta é outra.

— Ué, mas ela não gosta de mulher?

Uma confusão rápida pairou sobre todas ali, até que Rogério chegou batendo palmas, querendo saber o que era aquele conversê todo — e botou todo mundo pra trabalhar.

*

Mal pôde considerar qualquer possibilidade, João já estava dentro do mocó. Era um apartamento estratégico, a quatro quadras da praia, com um ponto de táxi embaixo, justamente com os três taxistas do esquema. João tinha que ficar lá, assistindo TV, vendo no circuito interno se nada de estranho estava rolando, ficar de olho no celular, nos torpedos que chegavam. O apê tinha ar-condicionado, um sofá grande e confortável, uma mesa na cozinha, com uma geladeira grande. Dentro da geladeira, só garrafas de água mineral.

Num dos quartos, ficava o depósito: um armário grande, de madeira, com duas portas de correr. Dentro, papelotes e trouxinhas várias, só maconha e cocaína — era com isso que trabalhavam. “Se o cara vier à praia de Copa atrás de crack ou heroína, certamente estará no lugar errado.” O estoque era reposto à noite, com coordenação do Cride, o único que tinha a cópia da chave do apê.

“As coisas melhoraram desde que eu fui embora. Fazer o movimento aqui é mamata”, pensava. Considerou que podia descer e tomar uma cerva, andar por ali, pegar até uma putinha ou traveca e levar pro apê — ninguém tinha dito que não podia. As únicas recomendações eram: que mantivesse o lugar limpo; que levasse o celular pra onde fosse, caso deixasse o mocó; que não consumisse os produtos e que, exatamente às sete da noite, fechasse tudo, usando as duas chaves, deixasse uma na portaria do prédio e levasse a outra embora. Ele só devia voltar na outra manhã, pelas oito.

Era um esquema muito simples. Nas dez horas em que faziam a corrida diária, faturavam, em média, sete ou oito mil reais. O trabalho, que era de quarta a domingo, dava algo perto de cento e cinquenta mil reais por mês, um milhão e setecentos mil por ano. O patrão explorava uns dez pontos como aquele, naquele mesmo esquema.

"E eles só me pagam dez por cento, aqueles filhos da puta mãos de vaca do caralho!" Se fizesse a conta direito, João ia ver que podia faturar quase duzentos mil reais no ano, mais do que ele jamais tinha planejado ganhar em toda a sua vida ridícula.

O celular vibrou, "6m 2c". O sábado começava com tudo — e ele só queria saber de faturar.

*

Já passavam das duas da tarde quando Elvis acordou. Tinha dormido um sono dos deuses, pesado, sem recordação de sonhos ou ressaca. Acordou inteira, como se tivesse renascido. Estranhou um pouco essa sensação, vinha de semanas e mais semanas de desânimo e certo desespero, o impasse com o apartamento, o trabalho desanimador de *motogirl*... Agora achava que estava tudo bem, tudo podia ficar bem, vender o apartamento e alugar um lugar menor, arrumar um outro trabalhozinho, fazer os bicos com *books*, esperar uma colocação num jornal, tudo podia ser bom — talvez ela até voltasse a ler e fizesse umas boas fotos e organizasse uma exposição em algum lugar. Madona podia ajudar...

Madona. De repente a nova amiga estava em todos os seus pensamentos, em todos os seus planos, no desenho da sua nova vida. A disposição e o bom humor de Madona contagiavam-na, ela se sentia menos estranha, menos diminuída diante das outras pessoas. "Se aquele limão fosse uma mexeriquinha, bem que eu chupava", pensou, lembrando a profética avó. Ficou um pouco excitada — manteve a excitação com outros pensamentos e correu para o chuveiro, para se masturbar.

A primeira transa que lhe veio à mente foi com a ex, Márcia. Uma vez as duas estavam conversando em um bar, tomando algumas cervejas, e começaram a falar putaria no ouvido uma da outra. Ficaram tão loucas que pegaram um táxi, em direção ao apartamento — e boa parte aconteceu dentro do táxi, sob o olhar retrovisor do motorista. No edifício, não conseguiram chegar ao apê: começaram a subir as escadas, eufóricas, e acabaram arrancando as roupas ali mesmo, num misto de tesão e apreensão, numa onda de espasmos contínuos. Elvis agitava os dedos no clitóris, pensando na cena, mas, no ápice, achou que não era honesto consigo mesma fazer aquilo pensando na Márcia. "Me trocar por aquele almofadinha besta, aquela idiota!"

Fantasiou com duas mulheres desconhecidas, dois rostos que tinha visto na rua recentemente. Estavam numa cama grande, com brinquedinhos, pênis de borracha, lubrificantes, chicotes. As duas estranhas faziam de tudo e ela estava apenas olhando. Quando uma pegou um falo gigante e o lambuzou com KY, ela decidiu entrar. A que era penetrada com o brinquedo aplicava com dedicação o *cunnilingus* nela. Depois inverteram o jogo e, com Elvis de pernas abertas, dirigiram o pinto para aquela bucetinha apertada. Ela pensou em reagir àquilo, mas se soltou. Gozou debaixo do chuveiro; quase caiu com o tremor que lhe tomou o corpo.

"Pronto! Agora só falta eu comprar um brinquedinho pra me masturbar", pensou sorrindo, mais um daqueles pensamentos indesejados que ela sempre fazia questão de se lembrar de evitar. A fome bateu e ela saiu para procurar alguma coisa. Acabou entrando numa padaria, comeu porcarias, decidiu zanzar um pouco pelas ruas calorentas.

*

— O que vai fazer à noite, Madona? Tem programa pra hoje?

Norminha queria saber. Era noite de plantão do Pachecão, o marido tinha combinado um carteado com os amigos, ela estava aborrecida por antever que a noite seria de novela, *Supercine* e cama.

— Fiquei bebendo ontem, tive duas noites complicadas, você bem sabe. Hoje acho que vou descansar, ficar em casa, ver um filme e relaxar.

— Que mulher mais caseira!

— Norma, eu preciso economizar, guardar um dinheiro, voltar a ser o que eu era. Simplesmente não sei existir sem um dinheiro guardado, fico sem chão, fico totalmente desorientada...

— Eu sei, é difícil...

— Então, Madona entra agora na fase retração, trabalho e economia. Vou voltar a oferecer meus quitutes para as clientes, você bem podia me ajudar com isso, né?

— Claro, fofa.

— Também vou pegar mais shows, nem que paguem pouco. Em um ou dois anos eu preciso fazer o *meu* show, o show da minha vida! Senão vou estar velha e caquética demais pra isso.

— Madona, você será sempre linda e exuberante!

— Não sei, não tenho mais vontade, sabe... vontade de homem, de sair por aí caçando, de ficar me oferecendo...

Quando olho pra trás e vejo tudo o que eu fiz, quase não me reconheço.

— Ah, tudo na vida são fases, né? Você fez o que tinha que fazer. E vai fazer o que tiver que fazer.

Norminha era leitora de Paulo Coelho.

*

Eram cinco da tarde e o sábado tinha sido espetacular para o tráfico do Seis. Um dos melhores sábados de todo o ano.

João estava se estranhando: não tinha tocado em nenhum papelote, não havia cheirado uma carreira sequer. "Isso sim é que é profissional", pensou. E então abriu um pacotinho, tirou um pouco do pó, colocou sobre a mesinha de centro, espalhou com o dedo, displicente, ajoelhou no chão e cheirou tudo de uma só vez. "Dois tiros de um papel não vão fazer diferença para nenhum pastel.".

Imediatamente lhe ocorreu que não tinha onde dormir naquela noite: às sete devia fechar o apê, entregar a chave, e não tinha onde ficar. Pensou que a rodoviária podia ser a melhor opção: sem custo, boa parte das suas coisas estavam no guarda-volumes, havia chuveiro e comida. "Eu garanto: é a última noite que João Tripé, o dono de Copacabana, dorme na rodoviária. É a última noite de miséria de João Tripé, o maior matador de traficas do Rio de Janeiro." Os sonhos exuberantes de poder eram vitaminados pelo pó recém-inalado.

Mal sabia o João que ele estava certo: a próxima noite não seria passada na rodoviária, mas sim em um local ainda menos agradável.

*

As duas últimas horas de Elvis tinham sido de leitura, ora vejam. Ela chegou da rua com uma lata de Coca-Cola estupidamente gelada; sentou no sofá, abriu a janela, brisa boa. Apanhou o primeiro livro de uma pilha e abriu-o ao acaso — ela já tinha lido, mas pegou o fio da meada e seguiu. Era *Nossa Senhora das Flores*, de Jean Genet.

Nem bem leu duas ou três páginas e novamente pensou em Madona. "Será que ela gosta de ler? Será que conhece esse livro? Acho que ela ia amar!" Confabulações que fazem os apaixonados, querendo iniciar o objeto de sua paixão em seu mundo particular de leitura, sonho e ilusão.

Estava longe da mente racional de Elvis a hipótese de que estivesse apaixonada por Madona.

Saiu correndo para o trabalho, já estava perdendo a hora.

*

Os sábados eram complicados no salão, sempre tinha trabalho pós-expediente, sempre tinha uma cliente que arrumava um compromisso social de última hora e precisava de um corte, um penteado, uma tinta. E tinha os casamentos, os preparativos exaustivos que acabavam sempre muito tarde, atrasando a noiva. E os compromissos das cabeleireiras, *hair stylists*, manicures...

Aquele sábado não seria diferente e uma Madona alquebrada deixou o trabalho já quase às dez da noite, querendo um suco de laranja — "Para repor a energia" — e uma cama para "se jogar".

Em minutos estava em sua cama, tinha dado tempo apenas de tirar as sandálias. Não conseguiu parar na casa de sucos para apanhar a bebida. Achou que dormiria até o dia seguinte.

*

João tinha, no bolso, dinheiro suficiente para alugar a melhor suíte do melhor hotel do Rio. Franciscanamente, guardou suas coisas no guarda-volumes, tomou um banho, colocou calção, chinelo e camiseta cavada, sentou na lanchonete e pediu um *x-tudo* com cerveja — e ficou assistindo a um programa de humor na TV, rindo como um idiota, incomodando o pessoal que estava em volta. Quando o cansaço e a bebedeira bateram, foi até o primeiro guichê e comprou um bilhete para as sete da manhã, para Niterói. Sentou numa cadeira e dormiu, boca aberta, babando. Sem uma passagem, seria expulso pelos policiais por vadiagem.

*

Foi uma briga, um desentendimento no trânsito, o fato ocasional bendito que acordou Madona do seu sono profundo. Ela estava desmaiada na cama e os sons começaram a chegar aos poucos, aqueles sons que vão te acordando lentamente, quase sem querer. Houve uma freada, mas ela nem ouviu. Depois um bater de portas e xingamentos. Gente gritando, outra freada, ela estava acordando e ouviu... Tudo acontecia bem debaixo da sua janela. Imediatamente e sem nenhum motivo, achou que o acidente podia envolver Elvis. Não que Madona estivesse pensando nela, nem que acidentes fossem novidade naquele cruzamento: nos finais de semana aconteciam pelo menos meia dúzia de encrencas ali. Mas ela acordou sobressaltada, crente de que era Elvis quem tinha batido, caído, sido atropelada. Pulou da cama, abriu a janela, olhou bem. Não havia nenhuma moto. Nenhuma garota também — apenas dois homens discutindo e outros segurando ou incentivando, movidos por deus e pelo diabo.

Olhou no relógio e já era quase uma da manhã. Perdeu o sono. Decidiu tomar um banho.

"Será que Elvis já saiu? Uma pizza agora até que não seria má ideia."

*

Estavam todos se preparando para fechar, Elvis e Wendel voltavam dos últimos pedidos, passava da uma e meia da manhã, Rosa chamou Elvis no canto.

— Elvis, a Madona ligou...

— ...

— Disse que se você não tiver nada pra fazer, para passar no apartamento dela...

— Ela quer uma pizza?

— É, ela disse que se você quiser comer uma pizza com ela é para levar, que ela está sozinha, vai ver um filme, queria companhia...

Tentou não transparecer a excitação, mas Rosa percebeu. Ela não estava com sono, seria muito legal levar uma pizza e, quem sabe?, cervejas, e assistir alguma coisa com Madona; a noite estava quente, e ela não tinha nada para fazer. Lembrou-se do compromisso na manhã seguinte, as fotos de Yasmin, o *book* que ia render um dinheirinho bom naquele final de mês.

— Tenho um compromisso amanhã cedo, mas acho que posso comer um pedaço de pizza com a Madona.

— Ela é ótima, todos adoramos a Madona. É uma grande batalhadora. Que bom que vocês ficaram amigas.

— ...

— Madona conhece muita gente, quem sabe ela não te arruma um trabalho melhor que esse aqui...

— Eu adoro esse trabalho, Rosa.

— Ah, Elvis, nós sabemos que você é uma garota inteligente, gostamos muito de você aqui, você tá trabalhando direitinho... Mas isso aqui não é pra você.

— Obrigada, Rosa. Se tem algo que eu posso dizer sobre Copacabana é que existem pessoas boas como você, que sempre querem ajudar os outros...

Abraçaram-se.

— Você pode, por favor, ligar para Madona e dizer que estarei lá em meia hora?

— Claro! Elvis pediu e Baianinho fez uma brotinho de palmito. Ela colocou no bagageiro e correu para casa — queria apanhar a máquina fotográfica e o laptop para mostrar a Madona as fotos que tinha feito no La Mona na noite anterior.

Já passava das duas e meia quando Elvis chegou ao apartamento da amiga.

*

Madona abriu a porta com cara de sono, ou assim pensou Elvis. Não estava com sono; tinha tomado banho; raspado as pernas, a barba e o sovaco; arrumado a sobrancelha; passado creme em todo o corpo — "Esse creme da Giovanna Baby é uma maravilha!". Tinha dado uma geral no apê, acendeu um incenso, flufou as almofadas para ficarem delícia sobre o sofá. Mas não se pintou, achou que não devia botar pintura se ia tirar logo — já que achava que em uma ou duas horas ia voltar a dormir. Então, o que Elvis viu foi Madona sem maquiagem — e a cara lavada deu a impressão de sono. Mas ela estava bem desperta — e com fome, é certo!

Beijaram-se, o cumprimento carioca, dois beijinhos, um em cada face.

— Que bom que você veio, *chérie*.

— Ah, passei para pegar meu laptop, quero te mostrar as fotos de ontem!

— Ai, não acredito!

A pizza foi deixada na cozinha, as duas foram para o sofá, Elvis abriu o laptop na mesinha de centro. Elas estavam excitadas, Madona esfregava as mãos, impaciente com a demora do aparelho em ligar. Naquele momento, Elvis sentiu o cheiro bom, cheiro de mulher, e olhou demoradamente para ela, até o laptop fazer o barulhinho do Windows e ligar — e a ampulhetinha desaparecer.

Madona percebeu o olhar da amiga, mas fingiu que não. O dedinho ágil de Elvis começou a correr no *touchpad*, Madona olhando com atenção. De súbito, imagens lindas de Madona começaram a pular na tela, uma depois da outra, rapidamente.

— Devagar, devagar, quero ver isso!

— Calma, vamos ver todas, ficaram ótimas!

Elvis correra muito naquela noite, tinha feito várias entregas. Não havia tomado banho, estava bem suada, o cabelo molhado de suor. Achou mesmo que não estivesse cheirando muito bem, talvez estivesse com "cheiro de homem". "Bem que eu podia ter tomado um banho rápido em casa", pensou.

— Pronto! Essa aqui foi a que eu mais gostei!

A foto era linda, dava destaque para o rosto de Madona, uma luz esverdeada fazia o contorno. Ela estava cantando, tinha uma expressão dura, angular, os músculos da face retesados e os da garganta, contraídos: parecia urrar. Não era uma foto que mostrava a singeleza, a delicadeza ou a feminilidade dela: sugeriam uma brutalidade, um espírito quase bélico. Madona, ali, era como um sargento, como um capitão de algum grupamento em guerra, indicando que seus soldados atacassem.

— Eu nunca vi uma foto minha assim.

— Não gostou?

— É uma foto linda... Só... Parece que não sou eu.

Estavam bem juntas, no sofá. Elvis levantou o nariz quase instintivamente, para sentir mais uma vez o cheiro bom de Madona. Ela se virou. As bocas se encontraram.

Aquele beijo não devia haver.

Pensamentos curtos de sim e não passaram pelas mentes das duas. Elvis sabia que eram pensamentos indesejados, involuntários. Madona achou bom estar com ela, estar com alguém, mas "Estou beijando uma mulher". Depois, no instante imediato: "Não é mulher, é meu anjo." O olhar da foto de Madona no laptop presenciou a cena: fizeram amor. Despiram-se das roupas, dos conceitos, dos preconceitos, dos cheiros bons e maus, de qualquer categorização.

Amaram-se.

E, depois, dormiram no sofá. Esqueceram ou não quiseram comer a pizza. Parecia que se sentiam alimentadas, sabe-se lá do quê.

*

PARTE DOIS

Junto com o laptop e a máquina fotográfica, Elvis havia levado também ao apartamento de Madona o livro de Genet. Ao sair, no domingo pela manhã, bem cedo, pé ante pé para não fazer barulho, deixou o livro estrategicamente colocado sobre a mesinha de centro, para que Madona visse. Estava ligeiramente atrasada para a sessão de fotos de Yasmin — saiu correndo.

Deixou a moto no edifício de Madona, preferiu ir a pé, com o passo apertado, para o local do encontro, já que não era longe dali. Enquanto trotava, a câmera estava pendurada no pescoço, balançando; o sol, batendo já na cara; os olhos, ainda meio remelentos; a boca, seca, sem café ou escova; os cabelos, desgrenhados; os pensamentos indesejados brotando rápido, era aquilo o que tinha na mente, aquilo tudo que tinha acontecido.

Ela tinha transado. Com. Um. Pau. De. Verdade. Quer dizer, não era um pau num homem, mas era um pau de verdade! Tecnicamente, era. Ela gostava de mulheres, sempre gostou, desde os doze anos, quando beijou um menino e vomitou. Desde o dia em que deu carona para a Julinha, a menina mais bonita do colégio, tinham quatorze ou quinze anos, e bastou o contato dos peitos da menina nas suas costas, as pernas abertas raspando o sexo na calcinha, enquanto a mobilete trepidava pelas ruas de paralelepípedos de Poços, para que ela gozasse e quase levasse as duas para o chão.

E agora, resolvida e trintona, ela tinha tido uma relação sexual com uma travesti e, claro, com um pau de verdade! Não era um consolo, não era um vibrador manipulado por uma gata peituda e gostosa: era um pau com um saco e uma pessoa junto. E não tinham usado preservativo. "Eu devia estar muito louca ontem, o que aconteceu?" Mas logo chegou ao compromisso, antes que mais questões ou qualquer solução despontassem em seu horizonte cerebral.

— Desculpa a demora, decidi vir a pé e acabei me atrapalhando.

— Tudo bem, nós também chegamos agora, estava preparando a Yasmin... Olha só, ela não está uma beleza?

Era uma garota de onze anos — e garotas de onze anos são sempre feinhas, entre a doçura da infância e a protuberância carnal incipiente e agressiva da adolescência. Yasmin era assim também, feinha. Desinibida e com tudo no lugar, mas sem sabor.

Foram para a praia. O sol não estava a pino, a temperatura de cor era boa, as fotos iam ficar bonitas — do ponto de vista estético, não por causa da modelinho.

A menina obedecia aos comandos da mãe para ficar assim ou assado, colocar o pé sobre uma rocha, erguer um pouco o vestido, olhar para o horizonte. E Elvis corria pra cá e pra lá, agachava, ficava na ponta dos pés, clicava quase sem olhar o que estava clicando, as ideias todas confusas, como peixes famintos dentro de um aquário, na cabeça.

Foi quando viu, quase por acaso, a cena se desenrolar no plano posterior à garota, na calçada da praia. Um táxi encostou, um homem no banco traseiro, sem sair do táxi, pela janela, deu algo para um garoto, outros dois garotos estavam por ali e receberam o que o homem tinha dado para o primeiro garoto. Elvis registrou tudo aquilo, desde o encostar do táxi. Ela mirava a menina, deslocava a câmera um pouco para o lado, acionava o *zoom*, ajustava o foco e clicava. Sem saber bem o porquê, sentiu que havia algo de errado naquele táxi. Não havia dúvidas, para ela, de que se tratava de drogas, algum esquema de distribuição. E a intuição de Elvis se confirmou quando, cerca de quinze minutos depois, o táxi voltou — e ela virou novamente a máquina para lá, simplesmente se esquecendo de Yasmin. Clicou continuamente toda a ação. O passageiro do banco de trás, um cara bem feio, dando algo para os garotos. Eram garotinhos, menores de idade certamente.

Elvis entendeu que havia algo ali.

*

Madona acordou com uma sensação de nunca. Respirou fundo primeiro, quase antes de abrir os olhos. Invocou alguns santos, vasculhou a mente atrás de alguma reza braba, fez figa mental para que tudo aquilo que estava ali bem vívido na memória não passasse de sonho. Sim, em breve tudo se desvaneceria, aquele sonho que lhe fizera o terror e o deleite durante a madrugada. Sonho ou pesadelo? Deleite ou delírio cruel? Abriu os olhos, temor fugidio, segundo suspiro, era real! Ela estava no sofá, sem roupas e com o pau melado. O pau! Ela pensou assim mesmo: "Estou com o pau melado." Teve um susto arrepiante quando usou a palavra "pau" para tratar de seu próprio membro — há trinta anos, na intimidade e particularmente, só o chamava de pirulitinho!

Pulou. Agitou as mãos freneticamente, como para expulsar algo que estivesse grudado nela, em seu peito, em sua barriga. Não havia nada nela, na verdade apenas uma sensação de perturbação no estômago que — ela achava — jamais iria passar. Olhou para baixo. O pau. Estava lá. Maior, estranhamente grande, pendurado.

Foi vomitar no banheiro.

*

O domingo estava quente. Na praia, todos queriam diversão. Um grupo grande, vinte ou trinta velhos, organizava uma partida de peteca. Adiante, outro grupo jogava frescobol. Muita gente debaixo de guarda-sol, gente nos quiosques, bebidas rodando, cerveja, caipirinhas, batidas. Cigarros que eram fumados e jogados no chão e pisados aqui e ali, mães e filhas quase nuas circulando alhures, pederastas observando, pândegos e putas rindo de tudo e de nada, procurando companhia ou qualquer trocado. A deliciosa brisa marítima enchendo os pulmões de todos, o gosto salobro na boca de quem se arriscava a beijar já pela manhã e uma parte considerável das gentes atrás de produtos que pudessem minimizar as dores da existência vil e vã, besta, monótona, insípida e inodora que todos levam. Gente querendo venenos antimonotonia: maconha, cocaína, crack, pílulas, balinhas, antidepressivos, *quaaludes*, LSD, cola, benzina, aspirina, gasolina.

"A vida, baby", dizia uma cocota para um coroa com pinta de ricaço, "a vida é fugir diariamente da realidade!". E o que é a vida em Copacabana ou no Rio de Janeiro senão uma constante fuga da inexorável e imponente realidade? A realidade que se vê em toda parte, nos morros, nas caras dos moleques nos sinais de trânsito. A realidade na cara!

A cocota estava bêbada. Como não havia banheiro por ali, vomitou no calçadão.

*

— Eu preciso falar com o Varley.

— Ele está numa ligação, você quer deixar o telefone?

— Hmmm, eu ligo daqui a pouco.

Elvis tentava falar com seu contato no *Jornal do Brasil*, um cara da editoria de Cidades com quem sempre cruzava em Copa. O Varley sempre dizia: "Calma, tua hora ainda vai chegar!" Era o que ela tentava há tempos: ter calma.

Estava ligando para o celular de Madona, mas só dava caixa postal. "Deve estar desligado... será que ela ainda está dormindo?"

Ficou escondida no orelhão, esperando uns minutos antes de ligar novamente para Varley, enquanto observava a movimentação naquele ponto, as idas e vindas do táxi. Eventualmente, fotografava. Ligou mais uma vez e deu ocupado.

Até que Varley atendeu.

— Oi. Desculpa te incomodar num domingo...

— Tudo bem, Elvis. Tá tudo parado aqui. Estamos atrás de uma matéria boa pra edição de amanhã... Você tem algo aí pra mim?

Ela engoliu seco: a grande chance podia ter finalmente aparecido.

— Acho que tenho, Varley...

E contou a história do táxi que voltava repetidas vezes com o mesmo homem, que abastecia os mesmos garotos, que saíam pela praia distribuindo aquilo. O que quer que fosse, certamente era algo que merecia uma investigação — e ela tinha fotos sensacionais.

— Ótimo, Elvis. Te encontro aí, vou falar com um contato na divisão de entorpecentes, um delegado que está louco pra aparecer no jornal... Quem sabe a gente não descobre algo grande?

Ela sentiu um pouco de medo, sentiu-se desprotegida. Não conseguir falar com Madona também a assustava. Ela vivia momentos tão diferentes, tão fantasticamente incríveis e inusitados nesses últimos dias, que nem parecia a vida dela. Os pensamentos indesejados, porém, brotavam igualmente.

"Quando eu começo a gostar do trabalho de *motogirl*, quando acho que ganhei uma amiga, quando penso que vou apenas ganhar uns trocados fazendo o *book* de uma menininha besta, eu transo com a amiga travesti, flagro uma distribuição de drogas e posso conseguir meu tão sonhado emprego!"

Comprou um pacote de biscoitos Globo.

*

Depois do vômito, do banho e de se colocar lindamente deslumbrante, Lady Madona irrompeu do banheiro para a saleta como uma dançarina de tango que ganha o palco deixando para trás a insalubre coxia. Impetuosa, decidiu deixar aquilo tudo, aquilo, bem, aquilo, você sabe, aquela... transa, aquele coito, aquela... esfregação da noite anterior... aquilo... para trás!

"Vou sair e sentar meu bumbum gostoso num restaurante delícia, comer bem e tomar um suco refrescante, depois vou ao shopping ver vestidos e desfilar por aí essa maravilha de corpo que Deus — e mais alguns quilos de hormônios sintéticos — me deu!"

Ia saindo quando reparou no laptop de Elvis — e no livro, "que livro estranho é esse?, a Elvis leu aqui?, teria lido depois da... da... transa?, o que esse livro faz aqui?".

Havia uma página marcada, ela abriu e leu.

*

Era estranho: o táxi vinha e parava no mesmo ponto com uma constância incrível, com intervalos de dez ou quinze minutos. "Será que ninguém percebe?" Não era sempre o mesmo táxi, ela logo reparou. Mas era o mesmo homenzarrão atrás, falando com os mesmos garotos.

Elvis considerou o trânsito intenso, o grande número de carros, ônibus, gente circulando, e considerou que realmente era difícil alguém atentar exclusivamente para aquele homem, naquele táxi.

"Os táxis devem ser de um único ponto... E esse ponto não deve ser muito longe daqui. Varley deve demorar cerca de uma hora para chegar... Vou seguir esse táxi."

Pensou em simplesmente atravessar a avenida, seguir andando pelo calçadão e caminhar atrás do táxi; observar onde ele iria virar, continuar. Naquela muvuca de domingo, isso não seria difícil. Mas ela temeu ser percebida, que pudessem, os malacos profissionais, saber que estavam sendo seguidos. Decidiu segui-los ao contrário — como o Gordo tinha feito em *O gênio do crime*, livro que ela lera na adolescência.

"Os carros entram na avenida vindos daquela rua... Vou até lá, fico à espera para ver de onde surgem." Foi o que fez. E não precisou de muita astúcia nem de muito tempo para localizar o ponto de táxi, defronte ao edifício de onde saía o passageiro que nunca descia do carro e que distribuía coisinhas para os garotos. Com medo, mas orgulhosa de seu feito, empunhou a máquina e fez fotos, escondida atrás de um carrinho de cachorro-quente. Sentindo-se corajosa — "uma verdadeira jornalista" foi o pensamento do momento —, ficou ali uns minutos e voltou para o bar, onde tinha marcado com Varley.

E lá estava ele com um cara de óculos escuros enormes, o próprio delegado, desses que querem disfarçar a autoridade, mas que a gente reconhece de longe.

*

Madona deixou o livro cair, tinha ficado emocionada com o trecho que lera, procurava não chorar para não borrar o lápis, já que tinha acabado de se pintar.

"O que que eu vou fazer da minha vida?", pensou dramática, imaginando que podia se atirar pela janela, seu rosto estampado na primeira página do jornal no dia seguinte. "Em crise sexual, traveca se espatifa no asfalto quente, atrapalhando o almoço de domingo em Copa." Manchete longa demais, preferiu não pensar em outra alternativa. Nem em mais nada.

Deu se conta de que não podia sair: Elvis podia chegar a qualquer momento, as chaves dela estavam sobre a mesinha, ao lado do livro. Certamente viria buscar suas coisas e o livro — "ai, maldito livro!" —, e não podia dar com a cara na porta.

Foi para a cozinha, abriu uma lata de sardinhas e comeu com pão de forma velho, enquanto assistia a um filme besta qualquer que passava na TV.

Se não tivesse fechado a torneira dos pensamentos, poderia pensar ainda: "Trepei com a menina e agora estou me sentindo uma velha casada, assistindo TV no domingo enquanto meu marido está na praia batendo uma bolinha com os amigos."

Ninguém garante que ela não tenha pensado algo assim.

*

— As fotos são muito interessantes...

— Na verdade, minha equipe vem investigando esse ponto há muito tempo...

"Ué, e por que não pegaram os caras? Em três ou quatro horas eu consegui saber até onde o cara mora!"

— O que vamos fazer, doutor Lobo?

— Primeiro, eu preciso fazer umas ligações, arrumar a cama pra pegar os caras... Me dá um tempo... O doutor Lobo apanhou um celular e foi falar distante dos dois.

— Você confia nesse cara?

— Não preciso confiar, Elvis. Nós estamos com uma situação aqui. Se ele não quiser mover uma palha, a gente bota as fotos na capa do jornal amanhã e vai ser uma correria só. Como ele precisa mostrar trabalho e nós precisamos de matéria, ele vai acionar os homens dele — alguns podem até estar ligados no que acontece aqui — e vão todos aparecer como heróis.

— ...

— É tudo um grande jogo. Observe com atenção, para aprender.

A alguns metros, o doutor Lobo falava ao telefone.

— Bate pro Beléu que a casa caiu, mas de leve. Vamos pegar só esse mala novo, esse tal de João. O cara deu azar, é um puta pé-frio, uma jornalista flagrou a distribuição aí na orla e ele vai rodar. Bate pro Beléu e pros meninos saírem fora, não quero ver a fuça deles aí. Fala pro pessoal do ponto de táxi também dar no pé, eles têm que ficar pelo menos três dias com os carros na garagem, senão vai sobrar pra eles. Todo mundo tem dez minutos pra desaparecer. Diz pro Beléu que não quero mensagem pro tal João, deixa ele no mocó, tranquilo. Tenho certeza que o patrão não vai se incomodar de perder uma graninha — pelo menos eu saio bem na foto e só roda esse mané do João. Depois a gente devolve a droga. Quem tá na fita hoje é o cabo Marcelo, né? Pois é, fala pra ele sair fora também, é melhor não ter militar aqui. A gente se encontra aqui, em quinze minutos. Agiliza, Alfredo.

O doutor Lobo abriu um sorriso largo, enquanto voltava para o encontro de Varley e Elvis.

— Meu braço direito, o doutor Alfredo, está vindo pra cá, com dois agentes. Aí vamos até o tal distribuidor, o cara aí da foto que você disse que sabe onde mora. Abordamos o cara e vemos no que vai dar.

— Ô garçom, me vê uma coca.

— Ah, traz um chope geladíssimo pra mim...

Era o doutor Lobo.

— Você não vai colocar isso na matéria, né, Varley?

*

João Tripé estava em estado de graça. No segundo dia de função tudo fluía lindamente bem. Ele pensava sobre como era maravilhoso trabalhar para uma grande empresa: tudo funcionava perfeitamente, a máquina estava azeitada e os funcionários, contentes. Para tudo ficar realmente ótimo só faltava uma festa de confraternização com palestra motivacional no final do ano, quando todos ficariam bêbados e passariam a mão na bunda das mulheres dos outros — e todos se abraçariam e brindariam com champanhe à meia-noite.

João abriu um pacote, deu uma cheirada.

Olhou pela janela, estranhou que nenhum taxista estivesse lá embaixo. "Essa é boa: os três pegaram viagem... E se me aparece uma entrega agora?" Lembrou do que tinha dito o Beléu: era bom que as entregas não atrasassem, não encavalassem, que fossem feitas o mais rapidamente possível — embora nem sempre pudesse ser assim. Sentou um pouco no sofá, mas não conseguiu ficar; a coca bateu, ele estava empertigado, queria fazer outra entrega, estar na rua, em ação.

Decidiu descer, dar uma olhada na paisagem. Deu outra cheirada e nem percebeu que ficou com um pouco de pó na ponta do nariz negro. Apanhou o elevador; desceu, rodando as chaves do apê no dedo.

Ao chegar ao térreo, a porta do elevador se abriu e ele saiu confiante. Diante dele, no hall de entrada do edifício, uma menina pequena, um metro e meio, frágil, magra, ergueu uma máquina fotográfica e disparou um *flash* em sua cara. Ele pensou em erguer o braço e dar um tabefe na garota: isso destruiria a câmera, esmagaria a garota. Ao começar a erguer o braço, sua visão periférica o informou de que ela não estava sozinha: de cada lado, dois homens, três deles armados.

— O senhor está preso por distribuição de drogas, artigo 33. O seu direito é de ficar calado, tudo o que for dito poderá ser usado contra o senhor, mas eu queria fazer algumas perguntas e gostaria que o senhor respondesse...

— ...

Apanhando rápido as chaves que João rodava nos dedos, o doutor Lobo quis saber:

— Essas chaves são do seu apartamento?

*

Já passava das quatro e meia da tarde e Madona estava inquieta. Já tinha visto o filme, já tinha assistido às pegadinhas do Silvio Santos, já tinha se aborrecido com o

Faustão, não havia nada mais que pudesse ver. Ela suava, estava fedida, a maquiagem borrara, ela se sentia de novo um traste!

Colocou as mãos no rosto.

Sem ter o que fazer, fritou dois ovos e voltou a ler o livro.

"Ah, livro maldito! Um dia escrevo um desses, para perturbar a vida de alguém!", jurou, em voz alta.

*

Os policiais encontraram tudo, questionaram João, que não disse nada.

Varley tinha uma grande história — e as ótimas fotos de Elvis.

— Quer vir comigo até a redação, para fazermos tudo isso juntos?

— ...

— Acho que vou conseguir te contratar depois disso.

Ela sorriu de satisfação. Enrubesceu um pouco. Deu um abraço no amigo.

— Varley, estou trabalhando... numa pizzaria... e entro daqui a pouco, o expediente do domingo começa às seis...

— ...

— Leva o cartão de memória com as fotos, depois eu pego contigo. Capricha na matéria. E tomara que minha contratação realmente saia.

Ele apanhou o cartão de memória.

"Taí uma menina legal", pensou. E foi pro jornal.

E ela saiu correndo, em direção ao apartamento de Madona.

"Madona! É, agora vou ver Madona!"

*

O toque da campainha fez o sangue de Madona gelar.

Lembrou-se do derradeiro dia em que a campainha tocou, ela abriu a porta e lá estava a fuça grande e cinza de João Tripé, dizendo "Madona, *my love*".

Quem seria agora? Elvis? Sim, claro!

Era.

Elas ficaram se olhando por alguns instantes.

— Entra...

O entusiasmo tomou conta da garota.

— Madona... você não vai acreditar no que me aconteceu...

— ...

— Eu estava lá, fazendo as fotos para o *book* daquela menina chata, a tal Yasmin, e... e... de repente... eu vi que havia algo errado, um táxi aparecia toda hora no quadro, sabe?, no enquadramento da foto, no fundo do enquadramento...

— ...

— Comecei a reparar mais no táxi. Tinha sempre o mesmo sujeito lá, ele ficava atrás, não saía... e dava alguma coisa para uns garotos que ficavam por ali...

— O cara estava "passando". É o pessoal do dia, passa chocolate e coca, todo mundo sabe.

— Como é que é?

— É, todo mundo sabe. Se você quiser chocolate e coca durante o dia é só ir lá no Seis, falar com um daqueles garotos dali, o Beléu... Qual a novidade?

— Você sabia disso?

— Meu bem, eu tô aqui faz um milhão de anos, fiquei boa parte da vida com um cara que só fazia esse tipo de coisa...

— Bom, eu não sabia e fotografei muita coisa lá... Aí chamei meu contato no *JB*... te contei que conheço um cara no *JB*?

— ...

— Pois é, o Varley. E ele chamou um cara da polícia. E foi todo mundo pra lá... e prenderam o cara!

— Quê?

— Pois é, prenderam o cara que passava drogas lá na praia! Não é incrível? E eu que ajudei!

Madona se sentou. Não estava pensando direito. Tentou concatenar as ideias.

— Você dedurou um esquema de distribuição na praia?

— Dedurou? Como assim? Eu vi que tinha algo errado, eles estavam usando menores de idade, fotografei a ação, foi a primeira grande coisa que eu fiz como jornalista...

— Elvis, menina, você não sabe...

— ...

— Você não sabe o que fez... O esquema de distribuição envolve todo mundo! Todo mundo, a polícia, todo mundo sabe... Se alguém foi preso, amanhã tem outro no lugar...

— ...

— Beléu foi preso? Quem é que foi preso?

— Não sei o nome dele... é o cara que passava a droga pro pessoal da praia...

— Esses caras não ficam presos, a droga retorna pro tráfico, essas encenações são só pra imprensa e pro público verem.

— ...

— Você pode ter se metido numa encrenca por causa disso. O pessoal que foi preso... te viu?

— Só um cara foi preso... Acho que ele me viu, eu tirei uma foto dele, ele ameaçou me bater.

— Meu Deus! Deixa eu ver a foto!

— Não está aqui, o Varley levou o cartão com as fotos.

— Elvis... Você é uma garota liberal, fuma o seu baseado diariamente, por que tem que se meter nisso, entregar as pessoas que vivem desse comércio?

— ...

— Todo mundo tem que sair da realidade de vez em quando, esses caras fazem um grande favor a todos nós... Nem todos gostam de álcool ou cigarro ou antidepressivos... Olha lá na Vieira Souto: é o maior consumo de uísque e antidepressivos do mundo, garotas com doze anos já beberam mais que nós duas juntas. Alguém se preocupa com isso?

— ...

— Alguém se preocupa com os litros de cachaça que o pedreiro bebe no final de semana? Tá todo mundo pouco se fodendo! Por que você tem que se meter com essa gente, querer essa gente na cadeia?

— Eu... eu não podia simplesmente ver e ficar calada!

Elvis tinha lágrimas nos olhos. Elas discutiam.

— Alguém faz alguma coisa por nós? Olha pra gente, duas perdidas nessa Copacabana suja. De vez em quando aparece alguém pra fazer algo contra nós. Mas nunca aparece alguém para fazer algo *por nós*!

Madona tinha saído de si, estava em pé, agitava os braços ao falar.

— A gente tem que se virar de qualquer jeito pra ter algum dinheiro, merecer alguma consideração! Eu já fiz de tudo. Mas a polícia não veio aqui querer saber se eu precisava de alguma coisa. Me fodi, até filme pornô eu fiz! Não te contei, né?

A expressão de Elvis era de horror.

— Pois é, eu sabia que você ia ficar horrorizada. Isso aqui não é pra você não, Elvis. Você é muito estudada, muito burguesinha...

— Mas... você acha que eu prejudiquei os traficantes? E as pessoas que eu ajudei, tirando essas drogas das ruas?

— Você acha que elas vão ficar sem as drogas? Você não acha que elas vão comprar de outro fornecedor? Onde você compra seu baseadinho aqui em Copa? Lá eles só vendem pra maiores de idade? Eles pedem identidade pra saber se o viciado é maior?

— ...

— Grande hipocrisia. Você é uma hipócrita que não sabe o que está fazendo aqui, que não sabe o que é Copacabana!

Em meio às lágrimas, Elvis olhou para o relógio de parede de Madona e viu que já passava das seis. Apanhou o laptop, o livro, colocou tudo dentro da bolsa, fechou o zíper e saiu sem dizer tchau.

No elevador, respirou fundo: “Foda-se, travesti feia e fedida do caralho!”.

Enxugou as lágrimas. Só queria trabalhar e, com o peito apertado, tentou guardar alguma lembrança de ter feito algo bom.

No apê, sentada no sofá, a porta escancarada como na quinta-feira, Madona chorava. Muito. Mais do que naquela noite em que apanhara de João. Ela não queria ter dito tudo aquilo. Gostava de Elvis. Muito. Mais do que desejava. E sabia que tinha feito isso, provocado essa briga, para romper com ela — não a queria mais por ali, não a queria em sua vida, não a queria em seus pensamentos, muito menos de maneira tão opressiva.

Madona ficou ali chorando enquanto as horas entravam pela noite e pela madrugada e ela se sentia, a cada minuto, mais sozinha, triste e desamparada.

*

O doutor Lobo falava ao telefone, enquanto olhava para João Tripé, algemado num banco de ferro na delegacia.

— Esse cara não é ninguém, certo? Deixa o cara preso, deixa apodrecer na cadeia! Pra que gastar dinheiro com advogado pra soltar esse sujeito? Além do mais, é um pé-frio do caralho! Vamos queimar esse, se o cara sair amanhã é capaz de o *JB* noticiar e aí fica ruim pra gente.

João pensou: o delegado falava com o patrão ou com Cride.

— Pô, assim você me ofende! Eu sou um cara esperto, tenho vinte anos de polícia. E mais: polícia no Rio de Janeiro, mermão! Tô ligado, esse cara aqui foi quem matou Zé Clarinho, né? Ah, você não sabe? Pô, não me ofende não, como é que o cara assume o posto do trafica se não apagar ele antes?

O sangue de João gelou. Não era mais tráfico e corrupção de menores, agora era homicídio também, ia ficar anos e anos atrás das grades.

— É o que eu estou dizendo: deixa esse cara se foder. Bota outro no lugar. De vez em quando a gente precisa de um boi de piranha... Sem contar que esse aqui é pé-frio pra caralho, hein? Cair no segundo dia de trabalho?! Isso não é pra amador, esse cara aqui é especialista em se foder na vida!

O doutor Lobo riu.

João não estava achando graça nenhuma.

*

A foto na primeira página do *JB* naquela segunda-feira foi da cara feia de João Tripé saindo pela janela traseira do táxi, a mão entregando algo para um garoto que tinha o perfil desfocado pelo *Photoshop*. A manchete: “Esquema de distribuição de drogas em Copa envolve crianças." Embaixo: "Polícia civil descobre central de drogas e prende o maior distribuidor da região." Em letras menores, mas ainda com destaque na primeira página, chamando para a matéria na página cinco: "Repórter fotográfica flagrou ação. Fotos serviram como provas para incriminar o acusado." Na matéria, Varley teve o cuidado de não revelar o nome da fotógrafa, mas o editor se esqueceu de apagar os créditos e, em todas as sete fotos usadas, estava estampado, no canto superior direito: "Foto: Elvis Ferreira". Varley só viu quando o jornal já estava pronto — e ficou preocupado com a segurança da amiga.

Nas bocas, no baixo clero do crime, ali em Copa, todo mundo comentava, muita gente não sabia que João Tripé tinha reaparecido, que estava de novo na ativa. Ninguém sabia. Nem que o nome real do marginal era João Flores, um nome meigo.

No xilindró, João passou mais uma péssima noite, dormiu sentado mais uma vez. Foi ainda pior, pois não tiraram as algemas. Na rodoviária ele ao menos estava livre. É sempre melhor dormir quando se está livre, mesmo que seja sentado. Logo cedo, um advogado, o doutor César, chegou procurando o delegado — o doutor Lobo já tinha ido embora. Eles conversavam baixo e apontavam para João. O advogado se foi, João pediu um cigarro para o escrivão.

Muitos pensamentos passaram pela cabeça de João naquelas horas em que ficou sentado, algemado em silêncio. Uma imagem, porém, era fixa: a da jovenzinha com a máquina fotográfica. Ele queria esmagar a garota. Com as mãos. Queria pisar na cabeça dela. Fantasiava. Quebrava todos os dentes dela com os punhos. Furava-lhe os olhos com os dedos. Era ódio. Entre os pensamentos, o azar. Ele estava preso, não fazia ainda quatro dias que estava no Rio. Pela primeira vez, o destino colocava dinheiro real em suas possibilidades — e agora podia apodrecer na cadeia. Maldita garota!

Alguém chegou com o jornal, a carranca de João ali.

— Ficou famoso, hein, João?

Um pessoal riu, o bandido com vontade de chorar.

"O destino não pode ser tão cruel assim com o rei de Copa", pensou.

*

Elvis acordou mais cedo que o habitual. A alguns metros da banca de jornal, reconheceu a foto grande. O coração disparou, sentiu um frio no estômago. Comprou um exemplar, depois mais um, para mandar para o pai. Gostou de ser tratada de "repórter fotográfica". Abriu na página cinco, leu a matéria procurando seu nome, não encontrou. Viu o crédito nas fotos e se deu por satisfeita. Com os jornais debaixo do braço, foi para a padaria, tomar uma média.

Madona acordou tarde, estava com a cabeça doendo, aprumou-se e saiu. O salão não abria às segundas; era dia de passear um pouco, arejar a cabeça. Na primeira banca de jornal, viu a foto. Reconheceu o rosto de João, teve um calafrio. Apanhou um exemplar e leu ali mesmo, para insatisfação do dono da banca, o seu Aurélio:

— Se o João sair, Elvis estará em perigo.

Pegou o celular e ligou para Norminha.

— Você já viu?

— Já!

— Sabe quem fez a foto? Quem é essa tal repórter fotográfica? É a Elvis, aquela minha amiga, que estava com a gente lá no La Mona!

— Meu Deus!

— Pois é. Mas ela não sabe que o João é o meu ex, que foi ele que me roubou...

— Meu Jesus!

— Se o mundo é pequeno, Copacabana é um cu, né, Norminha?

— ...

— Onde já se viu acontecer isso? Estou morrendo de medo! Se o João sair, é capaz de matar a Elvis!

— Minha Nossa Senhora!

— E é capaz de me matar também, vai achar que fui eu que aprontei essa pra ele!

— Meu São Cipriano!

— Para de invocar santo, Norminha! Para com isso de "ai meu Deus", "ai minha Nossa Senhora"! Tá parecendo uma crente do rabo quente!

— O que nós vamos fazer, Madona?

— Eu te liguei pra pedir pra você falar com o Pachecão...

— ...

— Quero saber se o João vai sair. Preciso saber antes de todo mundo quando o João sair. Pra avisar a Elvis, pra gente saber.

— Tá, vou ligar pra ele. Na verdade, hoje é dia da gente se ver, vamos naquele motelzinho em Botafogo, sabe aquele...

— Tá bom, Norminha, tá bom. Obrigada. Pede pra ele ligar pra gente assim que tiver notícia sobre a situação do João, tá?

— Pode deixar.

*

— O Varley taí?

— Hoje é folga dele. Quem está falando?

— É a Elvis, eu fiz as fotos da prisão, do esquema de drogas...

— Ah, sei, o Varley falou de você.

— Então, ele me disse que havia a possibilidade de contratação, queria ver...

— Olha, ele só volta na quarta... Você vai ter que falar com ele mesmo...

— ...

— Mas acho que você deve ficar tranquila, pelo que ouvi falar aqui, a vaga é sua...

Elvis abriu um sorriso do outro lado.

Agora era ligar para o pai, contar a novidade.

Pensou em ligar também para Madona, mas achou melhor não. Era melhor deixar as coisas esfriarem. Era melhor se afastar. "Meu Deus, ela disse que fez filmes pornôs! Que coisa nojenta!" Devia agora se preocupar com a carreira, com o novo e sonhado emprego. A "relação" com Madona estava terminada.

*

Madona circulou pelo shopping Rio Sul naquela segunda — e comeu comida árabe, estava com desejo há tempos. Viu que estava passando uma comédia romântica no cinema, com o Richard Gere, "adoro o Richard Gere", e resolveu assistir. Saiu do cinema leve, pisando nas nuvens. Pensou em comprar uns pães e frios e ir para casa, pintar as unhas, fazer uma boquinha mais tarde, dormir mais cedo.

"Quem sabe ligar pra Elvis?", pensou. "Não, acho melhor me afastar, foi meio traumático aquilo, aquela... transa... aquela... discussão."

Passou na farmácia, adquiriu sua cota semanal de soníferos e estimulantes, passou na padaria e comprou duas cervejas *long neck* sem álcool, comidinhas, e foi pro apê.

*

— Tenho uma boa-nova, pai.

— Oba, filha, me conta!

— Acho que vai sair a contratação... eu vou pro *JB*!

— Nossa, filha! Isso sim é que é uma boa-nova!

Ambos choravam.

— Que bom, filha. Ainda hoje me ligaram da imobiliária, conseguimos vender o apartamento...

— ...

— Você vai ter que sair de lá em uma ou duas semanas... Já sabe pra onde vai, viu algum lugar?

Ela não tinha encontrado um lugar ainda, mas mentiu para o pai.

— Sim, pai, uma amiga disse que eu posso ficar com ela até achar um lugar...

— Que ótimo! Que boas notícias! Terei que ir ao Rio para acertar a venda, acho que vou levar sua mãe. Que tal nos encontrarmos aí?

— Seria ótimo. Te ligo na sexta pra saber se vai dar certo.

— Tá bom.

— ...

— Te amo... Você é a melhor filha do mundo.

*

— João, nós já decidimos: você vai fritar por um tempo, vai ficar aqui uns dois meses!

A vontade foi de sorrir, mas João fez cara de tristeza.

— Você devia se alegrar, João. E se cuidar pra não morrer no xadrez.

— ...

— Tem alguém no esquema que gosta de você. Sabemos que você fez um servicinho aí, mas nem ligamos. Trafica, quando morre, a gente até comemora. Contrataram um advogado bom, João. Se a gente levasse isso pro tribunal, é provável que perderíamos. Então, fizemos um acordo: você sai de cena por dois meses e depois carimbamos o *habeas corpus*, e não queremos mais te encontrar zanzando por aí...

João sorriu de leve dessa vez. Tinha entendido. Alguém ia ser colocado em seu lugar, possivelmente alguém de confiança da polícia, ele acabara de perder seu Posto Seis. Mas se o patrão estava bancando advogado, ia certamente querer utilizá-lo em outro ponto. Ou para outro serviço.

— Lembre-se, João: procure se manter vivo! Aliás, esse é o recado do seu amigo Cride.

Ele fez que sim com a cabeça, ia se lembrar. Dois policiais militares chegaram, algemaram e levaram João pro xadrez.

*

E na terça, tudo voltou ao normal. Todos trabalharam e fizeram suas coisas e o sol estava belo e alto e sorridente.

À tarde, Norminha falou com Pachecão e avisou Madona sobre o acordo que havia sido feito, que João devia sair em uns dois meses.

À noite, na pizzaria, Elvis contou para os patrões sobre sua possível saída, sobre a ida para o *JB* — todos ficaram felizes e se abraçaram.

No xadrez, João dormiu mais uma vez sentado, no chão da cela. Das dezoito pessoas que estavam lá dentro, só sete malandros tinham cama.

*

O Natal estava chegando, as lojas começavam a se enfeitar. Uma delas colocou uma TV de plasma grande na vitrine e deixou um show da Elza Soares em *looping*. Uns mendigos e desocupados se acotovelavam ali para ver. A última música, por acaso, era "Copacabana", de João de Barro.

Existem praias tão lindas
Cheias de luz
Nenhuma tem o encanto
Que tu possuis
Tuas areias
Teu céu tão lindo
Tuas sereias
Sempre sorrindo

Copacabana, princesinha do mar
Pelas manhãs tu és a vida a cantar
E à tardinha, ao sol poente
Deixas sempre uma saudade na gente
Copacabana, o mar eterno cantor
Ao te beijar, ficou perdido de amor
E hoje vive a murmurar
Só a ti Copacabana eu hei de amar

*

Varley atendeu Elvis na quarta. Ia abrir uma vaga para repórter fotográfica e era dela. Mas o atual fotógrafo cumpria aviso prévio de trinta dias e ela teria que esperar. Ela certamente ia esperar.

Madona e Bill saíram juntos na quinta, beberam em alguns inferninhos, depois ele dormiu no apê dela e foram trabalhar juntos na sexta.

Na sexta, Elvis falou com o pai por telefone, ele marcou a ida para o Rio para dali a duas semanas, iam ficar no Catete, num hotelzinho barato.

E duas semanas se passaram sem que quase nada acontecesse.

*

MÉNAGE À TROIS

Os pais de Elvis chegaram numa noite de sexta e ela não pôde recebê-los, já que estava trabalhando. Ficaram de tomar café da manhã juntos no sábado, no próprio hotel. Elvis trabalhou muito naquela sexta, foi para casa já eram mais de duas da manhã. Ela se sentia estranha, cansada demais, e teve dificuldade para acordar quando o despertador tocou, pela manhã. Tomou um banho rápido, sonolenta ainda, totalmente fora do ar. Pegou a moto e foi ao encontro dos pais.

Estavam todos felizes, nem parecia a família do último encontro. Há três anos, Elvis pegou um avião e foi passar o Natal com a família, em Poços. Foram três dias de brigas e discussões e mágoas, a situação financeira estava terrível, quase não havia dinheiro para a ceia e presentes. Agora, todos pareciam estranhamente felizes. Menos — talvez e sem motivo aparente — Elvis. Ela estava cansada, teve que se sentar no sofá do hall depois de abraçar os pais. A mãe identificou olheiras fundas. O pai perguntou se ela estava se alimentando direito. Ela disse que sim — e todos entraram no restaurante, para o café.

Assim que pisou no lugar, Elvis sentiu o cheiro de ovos mexidos. Aquele cheiro característico que é ao mesmo tempo convidativo e repulsivo, junto à imagem das gemas moles misturadas ao branco da clara semifrita. Não houve tempo para muita coisa: Elvis vomitou no piso branco, um vômito esverdeado, com restos da pizza da noite anterior.

Faxineiras vieram em socorro, os pais se entreolharam, a mãe vaticinou:

— Minha filha, você está grávida!

Não foi uma pergunta, não foi um questionamento. Não havia na frase qualquer resquício de dúvida. A mãe não podia saber, não havia como ela garantir com tanta certeza. Havia a evidente orientação sexual da garota, que desde a mais tenra idade preferia as meninas, sem nenhuma dúvida — não era possível que ela tivesse, nessa altura da vida, mudado de lado! Pai e mãe pensaram mais ou menos isso, a mesma coisa.

Se para a mãe havia a certeza, para Elvis havia, a partir daquele momento, a dúvida. E era uma hipótese terrível. Uma hipótese inimaginada.

Assim que se recuperou um pouco, Elvis ergueu os olhos e deu de cara com o pai, olhos esbugalhados. A mãe havia contrariado a placa bem acima da cabeça e acendera um cigarro. Olhava com tranquilidade a sua garotinha, que parecia ainda menor com ombros arqueados para a frente, a cabeça baixa.

— Espero não estar, mamãe. Espero não estar.

Se fosse mesmo verdade, ela teria grandes problemas. Um primeiro se formou claro em sua mente: Madona era o pai — e como comunicar isso a ela, Madona, e aos seus próprios pais?

Um segundo problema: o emprego no jornal — jamais iriam contratar uma grávida. Perderia a grande chance.

O terceiro — e bem grande! — problema: como ela iria cuidar de um bebê se não era capaz de cuidar nem de si mesma? Ela não estava preparada para aquilo. Já tinha pensado, num passado distante, em ser mãe. Fantasiou sobre adotar uma criança. Uma vez sonhou que estava com a barriga grande, satisfeita por ser uma... mulher normal.

Precisava de uma confirmação.

Olhou nos olhos do pai.

— Olha, pai, estou surpresa com a afirmação da mamãe, mas isso é mesmo possível.

Brotaram lágrimas nos olhos do pai. Ele olhou para Soraia. Ela tinha aberto um sorriso, como se todas as preocupações e dissabores que a filha tinha causado à família por causa da sua orientação sexual tivessem sido apagados. Ali estava a sua menina. E agora ela lhe daria um neto. Ou uma neta. Era cedo para pensar no sexo do bebê.

— Eu vou até a farmácia, tem uma logo ali na esquina. Já volto.

E dona Soraia saiu, remexendo dentro da bolsa, procurando algum dinheiro para comprar um teste instantâneo de gravidez.

*

— Telefone pra você, João. Mas não vai se acostumando.

O policial veio com um celular, João estranhou.

— Rapaz, você é mesmo azarado.

Era o Cride.

— Fizemos um acordo, você vai sair em breve...

— ...

— O delegado não gostou de você não, queria jogar a chave fora...

— Filho da puta.

— Mas eu reconheço que você fez um trabalho direitinho com o Zé Clarim, vou te tirar dessa...

— Brigado, Cride.

— Não vai ser de graça, né, João? Você sabe que nada é de graça.

— Sei.

João entendeu. Ele ia sair, perdia sua boca, talvez o patrão lhe arrumasse outra colocação em outro ponto, mas, obviamente, teria que fazer mais um favor — ou alguns — antes de conseguir uma nova e boa oportunidade.

— Daqui a dois meses você sai, aí nossos advogados vão cozinhar o galo e você sabe... a justiça é lenta e enrolada, e se você não fizer mais nenhuma cagada, não volta mais pro xadrez...

— Cride, eu não fiz nenhuma cagada. Foi a menina, a fotógrafa, que acabou vendo o que não devia...

— Pois é, pois é, nesse ramo a gente tem que ficar ligado. A menina acabou dando um tombo em você... e na gente! Perdemos dinheiro nessa, João.

— Desculpa, Cride.

— Bom, mantenha-se vivo aí, depois conversamos.

— Tá.

Através das grades, João devolveu o celular para o policial, que sorriu sardônico do outro lado.

Um dos detentos preparava um cigarro enorme de maconha.

— Me arruma um desse aí. — Vinte paus. —

Eu pago. Entraram pela tarde lesados com a brisa da ganja.

*

Todo mundo no salão estranhou aquele cara magro, alto e careca que entrou e sentou. O que ele queria? Norminha foi perguntar.

— Quero falar com Madona.

O sotaque era gringo.

Norminha foi falar com a amiga, apontou o cara lá do fundo.

Madona apertou os olhos para enxergar o sujeito e suspirou.

— Achei que esse merda tinha morrido!

Pediu desculpas para a cliente, que havia pedido um corte complicado, e foi falar com o cara.

Era o Juan, um argentino, produtor de filmes pornôs. Eles se conheceram quando João estava metido nessa, quando ela fez os filmes. Depois que ela e João se separaram, Juan tentou persuadi-la a continuar na carreira, mas ela não quis. Tiveram um caso rápido, saíram algumas vezes, até ela descobrir que ele estava com aids, era voluntário do grupo que usava a primeira remessa dos coquetéis anti-HIV no Brasil. Madona caiu fora e nunca mais tinha ouvido falar dele. E lá estava o puto agora.

— Juan! Achei que tivesse morrido.

— Você não vai acreditar, Madona... Eu pensei o mesmo sobre você. Mas um dia estava por esses lados e te vi passar, linda, deslumbrante como sempre.

Ela mexeu nos cabelos, envaidecida. Depois lembrou que os elogios deviam esconder algum interesse. "Esses fantasmas do passado me visitando... primeiro João, agora esse puto!"

— O que você quer, Juan?

— Vou ser direto: tenho que fazer três filmes...

Ela fez cara de brava, ameaçou sair dali.

— Não vai embora, me ouça primeiro... Uma tarde, cinco ou seis cenas... Quinze mil. Quinze mil pelo conjunto da obra. O filme tá sendo patrocinado por alemães, eles querem só travas de primeira, experientes. Sugeri seu nome.

"Quinze mil. Uma soma considerável para uma tarde apenas. E reporia boa parte do que o João me levou." Madona pensou por um segundo apenas, mas nem deu a impressão de que pudesse cogitar voltar aos filmes.

— Juan, não quero mais saber disso. Eu não sou dessas! Por favor, não me procure mais.

— Pensa melhor, Madona. A filmagem é daqui a um mês. Aqui está o meu cartão.

Juan jogou o cartão sobre uma mesinha de vidro, levantou, fez uma mesura e saiu. Madona esperou que a porta se fechasse e apanhou, disfarçando, o cartão.

*

Elvis preferiu ir sozinha ao banheiro, para fazer o teste. Os pais ficaram no sofá, no hall de entrada do hotel, apreensivos. Seu Heitor já estava atrasado para a reunião na imobiliária, mas isso não o preocupava: era mais importante estar ao lado da filha naquele momento.

No reservado do banheiro, Elvis se sentou no vaso, apanhou a fitinha absorvente do exame e urinou nela. Manteve-a acima do vaso por alguns minutos, enquanto tremia um pouco de medo, suando frio. Lentamente ergueu a fita e todos os seus temores se confirmaram: ela estava grávida.

Teve uma vertigem. Avançou no tempo, mentalmente. Viu-se num parque de diversões, brincando com uma garotinha. Viu-se sentada no chão, fazendo lições de escola com ela. Viu-se abraçada com a pequena, numa cama, esperando o sono chegar. Sorriu. Chorou. Sorriu de novo. Chorou de novo.

Sim, ela tinha, a partir de agora, grandes problemas. Mas também uma grande certeza: acontecesse o que acontecesse, ela teria o bebê. Abortar não estaria nunca em seus pensamentos. Ela teria que falar com Madona — e Madona podia sugerir o aborto. Pensando de maneira prática, o aborto podia ser uma solução para seu destino profissional, para as possibilidades que estavam se abrindo. Tirar o bebê seria simplesmente tirar esse obstáculo da frente e seguir a vida normalmente.

"Eu sempre fui rejeitada", pensou Elvis, naquele riso-choro no banheiro. "Sempre fui rejeitada por gostar de meninas e por ser diferente das outras. E sempre tentei não rejeitar ninguém. Como posso rejeitar alguém que eu mesma fiz?"

Saiu do banheiro quase renovada, fulgurante. Sorrindo, com o rosto inchado de choro, abraçou os pais.

*

Eram dez da noite quando Elvis resolveu ligar.

— *Hello*... Lady Madona falandooooo...

— Ér... oi, Madona, é Elvis.

Ela não esperava por aquilo.

— Oi, Elvis. Nossa, há quanto tempo...

— É, você se esqueceu de mim.

Madona sentiu a voz trêmula da garota do outro lado. Não podia dizer que não havia passado um só dia nas últimas duas semanas sem que ela tivesse pensado na amiga, que não tivesse cogitado ligar para ela.

— Menina, tá uma correria só, trabalhando muito, fazendo vários shows...

Era mentira.

— Você tá em casa?

— Estou. Acabei de chegar do salão... E você? Tá trabalhando?

— É, estou trabalhando... Mas falei com a Rosa, devo sair um pouco mais cedo hoje, queria passar aí pra bater um papo...

"Bater um papo? Da última vez, isso acabou em sexo!"

— Vou ficar por aqui, pode passar... Mas amanhã tenho um compromisso cedo, não posso dormir tarde.

— É rápido, só pra te ver.

— Tá, estou te esperando.

"Eu adoro essa menina, a briga da última vez foi uma inconsequência minha! Que será que ela está aprontando?"

*

Pela primeira vez em dez anos, seu Heitor e dona Soraia saíram para jantar à luz de velas. A relação entre os dois estava ruim, morna, a decadência financeira deixava tudo mais difícil; ela sempre tinha alguma ocupação, ele sempre disfarçava o interesse enfiando o nariz em livros ou em algum projeto fracassado.

— Você vai ser avô, seu Heitor.

— Você vai ser avó, dona Soraia.

Pediram um vinho, um Sur de Los Andes Malbec, brindaram.

Comeram um bife de chorizo, voltaram andando para o hotel, sentindo a brisa gostosa na noite quente. No elevador, enquanto subiam para o quarto, agarraram-se num beijo lúbrico, esquecendo que o hotel tinha câmeras e que o porteiro, o seu Nestor, via tudo ali.

E, depois, castigaram -se numa trepada antológica, uma daquelas que casais que já completaram bodas de pérola só se permitem em raríssimas ocasiões especiais.

*

Para ambas parecia que fazia muito, muito tempo que não se encontravam. Tempo demais.

— Oi, Madona.

— Oi, Elvis.

Ela entrou, sentou -se no sofá, o mesmo daquela noite de aventura.

Madona puxou uma cadeira, sentou -se a uma distância segura.

— Tudo bem, Madona?

— Tudo. Você é que tá meio estranha...

Elvis sorriu. Estranha. Sim. Isso era certo e bem evidente.

Elvis olhou um pouco para Madona, prestando atenção. Como era difícil admitir. Como ela não tinha se aberto antes para essa constatação? Olhando um pouco, firmemente, para os olhos de Madona àquela distância, uns dois metros, podendo ver todo o seu corpo, todo o seu contorno, ficava bem óbvio... Ficava claro por que tudo tinha acontecido.

Os instantes em que ela tinha ficado quieta, apenas olhando, incomodaram Madona.

— Aconteceu alguma coisa, Elvis?

Elvis quis falar tudo de uma vez, mas achou melhor conversar um pouco mais. Estava sentindo uma coisa indescritível, como uma certeza avassaladora, como quando se descobre algo incrível, como a cura para uma doença rara. Ou quando se tem um jogo incrível na mão, na rodada salvadora do pôquer. Se simplesmente vomitasse o fato, podia estragar esse momento.

— Madona... o que você sente por mim?

"Oh, meu Deus", pensou Madona, "será que ela quer transar de novo?".

— Ah, Elvis, você é uma fofa. Acho que é uma das melhores amigas que eu já tive. Foi uma coisa rápida, né? Identificação instantânea! Você é uma amiga muito querida.

— Só isso?

— Hmmm, como "só isso"? Isso é muito! Sabe, eu tenho muitos amigos, muitas amigas, mas pouca gente frequenta minha vida, conversa comigo como você...

— Nós ficamos amigas bem rápido, né?

— É, tudo foi bem rápido meeeesmo!

Elas riram. O gelo estava se quebrando.

— E aquela noite, hein? Aquela noite foi bem estranha, né?

— Ah, Elvis, foi coisa de momento, né? Não podemos ficar remoendo aquilo...

— Remoendo? Foi ruim pra você?

Riram de novo.

— Não, não foi ruim. Mas nós sabemos, né? Nós sabemos que gostamos de outras coisas, aquilo foi só... hmmmm... "ocasional".

Fez aspas com os dedos, no ar.

— E você costuma sair com garotas e fazer coisas... hmmm... "ocasionais"?

Foi a vez de Elvis fazer as aspas com os dedos.

— Hahahahaha... Não, não, eu não sou fã dessas... "ocasionalidades".

Aspas feitas.

— Como você pode afirmar isso? Se naquela noite foi bom, como pode dizer que não gosta dessas "ocasiões"?

Elvis tentava fazer Madona pensar sua orientação lésbica, mas esse era um assunto tão fechado para ela que não havia espaço para questionamento.

— Ah, Elvis, não sei o que você está tentando fazer...

— Não estou tentando fazer nada. Se um homem chega e diz que tem horror a homossexuais, que odeia gays, que nunca se imaginou com outro homem, o que você diz pra ele?

— Eu digo que o bofe tá precisando de uma surra de pica, tá precisando se reciclar, jogar fora a pinta de machão...

— O mesmo digo eu, se uma garota diz que não suporta sapata, que lésbica precisa de homem, essas merdas. Eu digo que ela precisa de uma gatinha bem manhosa, com uma língua bem macia, para conhecer a delícia de foder com uma mulher.

— ...

— A gente sempre fala da intransigência dos outros, mas não seríamos também intransigentes?

— ...

— Quando fechamos questão sobre nosso gosto sexual, sobre nossas preferências, não estamos desconsiderando um universo inteiro de possibilidades?

— Pode ser. Mas aonde você quer chegar com essa conversa?

— Depois que eu te conheci, comecei a achar possível outras formas de amar...

Riram de leve, Madona meio nervosa. Levantou-se para abrir um pouco mais a janela, deixar a brisa entrar.

— Ai, Elvis, você está filosófica hoje.

— Acho que a gente pode pensar um pouco sobre as coisas, antes de dizer que não gosta disso ou daquilo... Sei lá...

— É uma boa coisa para se pensar.

— Também acho. Ainda mais quando me lembro daquela noite. Fizemos loucuras nesse sofá.

Madona quis parecer envergonhada, baixou os olhos.

— E sabe, Madona... Eu acho que você adorou cada momento daquilo ali!

Foi a vez de Madona olhar firme para Elvis. Olhou firme nos olhos, procurou na memória alguns instantes daquela noite. Lembrou -se dos beijos, dos carinhos, da chupada nervosa e rápida que Elvis lhe deu... Sentiu uma fisgada de tesão nos testículos.

— Elvis...

Elvis pensou em se levantar, olhar direto nos olhos de Madona e dizer: "Estou grávida." Mas escolheu outra frase.

— Madona, eu te amo!

Elvis estava lá, em pé, diante de Madona, tinha acabado de dizer a frase, e Madona se lembrou, imediatamente, que nunca, em toda a sua existência, alguém tinha dito isso para ela. Nunca alguém tinha olhado em seus olhos e dito que a amava. Nunca alguém tinha dito isso em qualquer ocasião.

Ela olhava para aquela garota pequena, aquela garota bonita, com pinta de machona, o cabelo curto e despenteado, as mãos na cintura, a jaqueta de couro.

Elvis encarava Madona, tinha uma satisfação íntima, uma satisfação que se revelou naquele instante, talvez um pouco antes, enquanto ainda estava no sofá. Uma satisfação de, de repente, entender todo o universo. Ela encarava Madona sem esperar nada em troca. Não esperava que Madona fosse dizer o mesmo, que a amava. Em toda a sua vida, foi o momento em que Elvis se sentira mais zen — uma palavra que ela usaria, no futuro, para expressar aquele momento.

E Madona olhava, confusa, a boca tremendo um pouco, por indecisão, por não saber o que dizer.

Olhou fundo naqueles olhos azuis. Lembrou -se de Pedrinho Blue Eyes, o garoto da primeira chupada. Onde andaria? Pedrinho era tão bonito, tão pequeno, tão reluzente, tão... feminino! Um lampejo de questionamento voou pela mente de Madona: e se, naquele dia, em vez de ter chupado Pedrinho, Pedrinho a tivesse chupado?

A inversão dos papéis na cena confundiu Madona.

Será que tudo, a vida toda, as ocasiões todas, o destino, sabe-se lá, acabaram levando Madona para esse universo feminino, para esse gosto por homens?

Não, esses pensamentos não eram bem-vindos. Ela pensava tudo muito rápido naquele momento, mas não queria pensar. Não queria mais falar com Elvis, queria que ela fosse embora. Queria banir as dúvidas de seu cérebro, já estava com dúvidas demais, estava até pensando em voltar para o mundo pornô, ora vejam!

Os pensamentos vinham rápido, porém, assim como algumas cenas indesejadas daquele livro maldito que Elvis tinha deixado no apê, naquele domingo horroroso. Madona havia lido o livro quase todo. Tinha ficado impressionada com aquelas bichas fortes, aqueles personagens dúbios, aqueles homens que pareciam não se importar com a beleza, amavam a feiura, brigavam por outros homens de maneira brutal para depois se entregar a beijos e amassos e lascívias. Achou o livro perturbador. Não condizia com os estereótipos que conhecia, embora tudo lhe soasse bem familiar.

Tudo virou um turbilhão em sua mente, na verdade. Enquanto existia, na cabeça de Elvis, uma placidez mística, no cérebro de Madona tudo explodia. Cenas, imagens, frases, dúvidas e sensações. E o eco inaudito da frase final.

— Madona, eu te amo.

Deu um passo à frente. Inclinou a cabeça, como que para reparar melhor nas feições da amiga. Elvis se aproximou também — e se beijaram.

Não foi um beijo de volúpia, como aquele da noite em que se amaram. Foi um beijo de aceitação, de gratidão, de conforto.

Afastaram as faces.

Elvis sorriu.

— Madona, eu estou grávida.

A amiga desmaiou.

*

Os pais de Elvis estavam ansiosos para conhecer o namorado da filha. Tinham apenas mais um dia no Rio e as apresentações não podiam esperar.

— Filha, convida o namorado, almoçamos amanhã. E não aceitamos desculpas. Nosso voo sai às seis... Depois do almoço vamos direto pro aeroporto.

Ela começou a pensar sobre como apresentar Madona aos pais.

*

A aproximação do policial trazendo o celular fez João Tripé se lembrar que fazia muito tempo desde que falara com Cride da última vez. Quanto tempo? Dez dias? Quinze? Vinte?

O marasmo da cadeia faz isso com as pessoas: a noção de tempo se esvai. Sabia que muito tempo já havia se passado, e isso era bom: era tempo a menos para ficar lá.

Ele estava colado na grade, chapado, até se assustou quando o policial disse que a ligação era para ele. Não havia quem pudesse ligar para ele, senão o Cride.

— Sou eu mesmo! Tudo bem aí, João?

— Do mesmo jeito.

— Tua hora tá chegando, daqui a pouco tu sai...

— Tô esperando...

— Olha só... Tô te ligando pra te contar uma história interessante...

— ...

— Tá ligado naquela pequena que tirou as tuas fotos, aquela que te fodeu legal?

— ...

— Ela tá grávida!

— Filha da puta.

— Mas isso não interessa. O interessante é que o pai...

— ...

— Sabe quem é o pai, João?

— Cumé que eu vô saber, Cride?

— O pai é traveco! Traveco famoso de Copa.

— ...

— O pai é a Madona, João.

— Puta que pariu! Como é que é?

— Eu achava mesmo que você conhecia a Madona. Conhece ela, né, João?

— Que porra de história é essa, Cride?

— Pois é, só se fala disso em Copa: a traveca que embuchou a sapata!

— Caralho! Como é que...

— Eu é que pergunto: como é que você conhece essa Madona? Eu sei que você é chegado num anel de couro, gerenciava essas vagabas da Barata...

— Porra, não tô entendendo nada!

— Você conhece essa Madona?

Um filme passou na cabeça de João. Ele conhecendo Madona há trocentos anos, lá em Marechal, trazendo ela pra Copa, morando junto, o filme pornô, o exílio, ela no salão, o roubo.

— Conheço Madona tem mais de quinze anos.

— Suspeitei. Alguém aqui disse que vocês eram próximos...

— Madona... Madona é mulher, sempre foi, como é que...

— Como tudo aconteceu, eu não sei. Mas é estranho que ela tenha embuchado justamente a moça que te ferrou, né?

— ...

"Elvis e Madona", pensou João. "Que piada de mau gosto!"

Madona... Madona sabia como funcionava a transação do Seis, como a droga era distribuída. Madona conhecia cada detalhe, todas as pessoas envolvidas... Do jeito que tudo aconteceu, para João, depois daquela informação surreal, tudo só podia ser uma grande armação de Madona.

— Filha da puta!

— Estranho, né, João? Você abriu o bico pra sua amiga Madona? Falou que tava trabalhando no esquema? Você é bico mole, João, todo mundo sabe. Estamos achando que você bateu pra sua boneca e ela falou pra namoradinha dela e você está aí, fodido, preso...

— ...

— E nós estamos quase querendo jogar a chave fora e deixar que você se foda aí, pro resto da vida!

— Cride...

Pensou em contar que a grana que ele tinha conseguido, que tinha feito com que ele voltasse para o mundo do crime, tinha sido roubada de Madona. Isso faria com que Cride e o patrão soubessem que ele não podia ter dado qualquer informação a ela. Porém, o infortúnio do destino, de a dedo-duro ser a fotógrafa namorada — seria mesmo?, ele se questionava — daquela sua ex-protegida, fazia com que as atenções e dúvidas dos traficantes recaíssem sobre ele — e isso era compreensível.

"Roubei Madona, ela ficou puta, quis me foder, armou a fotógrafa pra mim, só pode ter sido isso!"

— Não falo com Madona tem mais de quatro anos, desde que saí do Rio. O que você está me contando é uma coincidência infeliz... mas eu ainda não acredito nessa história, de que a Madona vai... ser pai.

— Não é mais segredo pra ninguém. Ela mesma está contando isso pra todos, feliz da vida, dizendo que vai realizar um grande sonho...

— ...

— Não de ser pai, claro. Mas de ser mãe!

Ambos riram um riso nervoso.

— Cride, vocês vão me tirar daqui logo mesmo?

— Pois é, essa é uma boa pergunta. Você merece?

— Mereço, acredite. Eu faço o que vocês quiserem...

— ...

— E queria que vocês também me deixassem fazer uma coisa que eu quero. E muito.

— O que é que você quer, João?

— Eu quero acabar com Elvis e Madona!

*

O que aconteceu logo depois do anúncio de Elvis a Madona foi algo interessante. Elvis acudiu Madona de seu desmaio, colocou-a na cama, tirou parte de sua roupa, passou álcool em seus pulsos, ficou ao lado dela até que ela acordasse. Quando Madona abriu os olhos e viu os olhos azuis de seu anjo salvador, achou que ainda estivesse na mesma noite do roubo de João. Foi voltando lentamente à consciência, lembrando dos últimos acontecimentos. Não se lembrou imediatamente da sentença sobre a gravidez, o "eu te amo" veio antes.

Elvis abriu um sorriso, Madona pensou que gostaria de ter aquela pessoa, com aquele sorriso tão amigo e sincero, ao seu lado durante toda a sua vida.

Aí se lembrou da gravidez e respirou fundo. Elvis estaria certa sobre a paternidade?

— Você... está... grávida? Tem certeza que eu sou o pai?

— Bom, basta dizer que esse aí foi o único pau em que encostei nos últimos... trinta e dois anos.

As duas sorriram.

— O que vamos fazer?

— Bem, só posso te dizer uma coisa, da qual eu tenho total certeza: o aborto está fora de questão. Vou ter esse filho.

— ...

— E queria que você estivesse ao meu lado nessa gravidez, no nascimento...

— ...

— Essa criança vai ter pais diferentes, mas quero que sejam pessoas com as quais ela possa contar em qualquer momento da vida.

Madona chorou. Elvis sorriu, tendo a certeza de que aquele era um momento importante, de crescimento para ambas.

— Elvis, eu não sei o que você espera de mim...

— ...

— Eu sou só... uma traveca burra que acha que sabe cantar, que quer fazer um show... Você é tão otimista, dinâmica, inteligente... Você tem tanta chance de se dar bem na vida, não tem que ficar presa a mim...

— Não quero que essa criança signifique uma prisão pra nenhuma de nós duas. No momento, eu não penso em *namoradas*, não penso em nada... só penso que quero ficar com você enquanto esse processo estiver acontecendo...

— Entendo...

— Você tem... Você está saindo com alguém?

— Não, não, relacionamentos nem passam pela minha cabeça, só quero trabalhar e juntar dinheiro para o meu show.

— Eu estou com um problema...

— ...

— Na verdade estamos com muitos problemas, né, Madona?

Riram de novo, soltas, parceiras, quase abraçadas.

— Meus pais estão aqui, o apartamento em que eu moro foi vendido, tenho alguns dias pra sair...

— ...

— Queria ficar com você aqui, mas só por poucos dias, até achar um apê que eu possa pagar.

Madona abriu um sorriso acolhedor.

— E você acha que eu vou deixar a mãe do meu filho desabrigada?

Elvis passou a mão no rosto de Madona, suavemente, em demonstração de agradecimento.

— Aliás, mãe ou pai? Precisamos começar a definir os papéis.

Abraçaram-se.

*

Foi na tarde seguinte — Madona estava no salão, cuidando de uma cliente, de altíssimo astral, todo mundo sabendo que uma das travestis mais queridas da área ia ser pai-mãe — que o telefone tocou, anunciando uma tempestade.

— Madona, *my love*!

Não havia dúvidas sobre quem era.

— Vim parar na cadeia por causa da mamãe, Madona. Eu saio daqui a uns dias. Aí, vou acabar com você, com ela e com o bebezinho!

Ela desligou, um medo a gelar a alma.

Só pensava no que podia fazer para se safar da ira de João Tripé.

*

— Meu amor, como vamos fazer?

Elvis ligava de um orelhão para o salão.

— Meus pais querem te conhecer, mas acho que será um choque encontrarem Madona, assim, num almoço, na primeira vez...

Madona pensou um pouco e decidiu pela ideia que vinha cozinhando desde o dia anterior.

— Elvis... eu vou fantasiada de homem! Eu vou de Adaílton!

Como é que Elvis não tinha pensado naquilo?

— Vou fazer uma tintura aqui e cortar meus cabelos beeeeem curtinhos, empresto uma calça... Ai, meu Deus, não visto calças desde 1988!

Elvis gargalhou do outro lado.

— Que grande ideia, Madona. Você é demais!

— E seus pais vão conhecer o maior pegador de Copacabana!

— Coloca uma camisa do Flamengo!

Elas se divertiam com a ideia e, no final, aquela disposição de Madona e o disfarce de homem serviam para desviar a preocupação com a ameaça de João Tripé.

— Vai dar tudo certo, *darling*.

— Ok, a gente conversa mais hoje à noite, vamos criar algo para você, uma história, uma profissão...

— Ué, vou ser cabeleireiro... Ou cabeleireiro é profissão só de travesti?

Hahahaha.

— Pode deixar, eu vou me comportar direitinho amanhã com os seus pais.

Despediram-se com "beijos, te amo".

*

De fato, assim que Madona ficou sabendo da gravidez, saiu espalhando por Copa. Ligou para vários amigos, consultando a agenda do celular. Gente com quem ela não falava há dois, três anos acabou recebendo a ligação. Às vezes, ela dizia:

— Oi, é a Madona, lembra de mim? Pois é. Olha, eu vou ser mãe!

Às vezes ela dizia:

— Oi, é a Madona, lembra de mim? Pois é. Olha, eu vou ser pai!

Muita gente nem se dava conta de quem falava ao telefone, outros achavam que era algum tipo de brincadeira, os que conheciam bem Madona pensaram "a travesti endoidou, deve estar cheia de pó nas ideias". Poucos vibraram com ela, dando os parabéns.

No salão, todos estranharam. Bill teve um chilique e quase virou purpurina, segundo contou depois. Mas a aceitação foi geral, todas queriam ser madrinhas da filha da *pop star* do salão. Rogério disse que ia dar berço e enxoval.

Madona perdia, agora, tempo em vitrines de lojas para bebês. Qualquer menção a bebês merecia atenção redobrada. Uma cliente grávida ganhou uma sessão extra de chapinha para conversar sobre a alimentação adequada para o primeiro ciclo de gestação.

— Eu também vou ser mãe, sabe? Quer dizer, primeiro vou ser pai, depois vou ser mãe, já que a mãe, a Elvis, na verdade é uma sapata linda e acho que vai se fazer de pai.

Mas olha: ela pode ser mãe também, se quiser. Imagina só um filho com duas mães: não seria o paraíso? Assim vai ser o meu filho... Estamos pesquisando nomes...

E falava sem parar sobre a nova experiência, que ela achava que nunca iria viver.

*

Arrumaram roupa: era uma calça jeans, a calça menos bicha de Bill. Compraram uma camisa polo branca, pegaram o All-Star surrado que ela usava para caminhar. Madona levou tudo para o salão, as amigas ajudaram a montar *Adaílton*, cortaram o cabelo — e Elvis passou para apanhá-la, no horário combinado, para o almoço com os pais.

Parecia homem. Desde que não falasse. Desde que não andasse. Desde que não respirasse.

Elvis fez o sinal da cruz, pedindo a qualquer força oculta que as ajudasse no encontro. Marcaram num restaurante a quilo, no Catete, perto do hotel em que os pais estavam. Chegaram todos no horário estipulado: uma da tarde.

— Esse é Adaílton, meu namorado.

Beijinhos, apertos de mão não muito apertados.

Madona estava nervosa, era a primeira vez que um parceiro — bem, uma parceira — a apresentava para os pais. Foram se servir e ela pegou apenas uns sushis, mal acreditava que fosse capaz de engolir qualquer coisa.

Assim que sentaram, Soraia abriu o sorriso e perguntou se Madona conhecia Minas Gerais.

— Só os doces. Adoro doces. Minha mãe é doceira.

A afetação estava lá, mas ela segurava o tom, engrossando a voz como podia.

— Os doces são ótimos. Sua mãe mora onde?

Madona tinha dito a Elvis que a mãe havia morrido, mas a verdade é que não sabia o que acontecera, tinha abandonado a família e nunca mais procurara notícias. A menção à mãe fez com que se lembrasse dela, de como ela ficaria feliz em saber que ia ganhar um neto. Uma sombra de confusão se instalou em sua cabeça.

— Minha mãe é a melhor doceira de Marechal Hermes. Eu também sei fazer doces, bolos, confeitos... Cresci ajudando minha mãe.

Para seu Heitor e dona Soraia, pareceu que o namorado da filha tinha ligações estreitas com a família.

— Que interessante! Apesar de sermos mineiros, de família tradicional, nenhum de nós sabe fazer qualquer tipo de doce...

Elvis se lembrou de uma piada antiga, a avó sempre dizia que ali eram todos "cus-doces", eufemismo para esnobes, quatrocentões metidos, que era o que eles eram, na verdade, naquela época.

— Doce, ninguém sabe fazer. Mas na família são todos uns cus-doces.

No que Madona emendou, sem pensar:

— Então nenhum de vocês pode dar para paus diabéticos!

Os segundos em suspenso explodiram em minutos seguidos de gargalhadas.

— O Adaílton é desbocado, faz parte da profissão dele, vive contando piadas, falando com homens o dia inteiro...

— Ah, você é barbeiro, né?

Elas tinham inventado uma história na noite anterior: Adaílton era filho de barbeiro, aprendeu a profissão e tinha um salão que atendia muita gente bacana, da alta.

— É bom ter um negócio que eu levo comigo para onde for. Basta uma tesoura.

O pai, seu Heitor, gostou da frase.

— É isso mesmo. Você pode até abrir um salão em Poços...

— ...

— Aí podemos ficar próximos do nosso neto!

Madona fantasiou ter um salão em Poços, aparar cabelos e fazer a barba de todos aqueles mineiros conservadores e turistas chatos, passear no final da tarde com Elvis e o filhinho em uma das praças chatas e vazias de Poços, tomar banhos termais uma vez por mês, levar o pequerrucho para andar nas charretes com pôneis... Teve uma visão infernal de sua vida, uma antecipação da divina comédia que se prefigurava na fala de seu Heitor.

— Seu Heitor, acho que o lugar certo para o nosso filho é Copacabana.

Todos se entreolharam.

— Aqui? — perguntou dona Soraia. — Aqui é tão violento, sujo, degradante... Esses bares, marginais, boates... O Rio de Janeiro está tão sórdido!

— Com todo respeito, dona Soraia... Acho até que a senhora tem razão. Mas ao menos aqui não é... chato!

Para o casal mineiro ficou claro que o namorado da filha era um personagem tipicamente carioca, daquela gema copacabânica. Até o jeito de falar, a afetação — herança da profissão de barbeiro — e a cafajestagem — era má interpretação! — apontavam que ele fazia parte da mitologia local, impossível de deslocar. O que não fosse caótico, misturado, maluco, alucinado como Copacabana era, para ele e para tudo o que ele representava, incondicionalmente chato.

O casal sabia que era chato, sempre fora, toda a vida. Foram o oposto de Copacabana: quadrados, racionais, educados, asseados demais. A morte os alcançaria em breve, dentro de quinze ou vinte anos — e eles ainda estariam se sentindo assépticos e invioláveis, sem ter dado um peido em público em toda a sua existência longa, penosa e irremediavelmente chata.

Por um momento, Soraia pensou que gostaria de ir aos Alpes, aprender a esquiar. Heitor queria conhecer Machu Picchu. Podiam pegar a grana do apartamento e fazer umas coisas que de fato queriam.

Heitor pensou, no táxi, indo para o aeroporto, que o que mais lhe agradava na transa com a mulher era a chupada dela. A chupada da dona Soraia era ótima, poderosa! Mas nem sempre ela lhe brindava com uma sugada: geralmente davam uns beijos e já iam direto para o coito. E ele nunca havia lhe dito que, de tudo o que faziam na cama, durante todos esses quarenta anos de casados, o que ele mais gostava era da sua chupada.

Heitor tinha pensado isso por acaso, do nada. Reflexo talvez das três noites que passaram no hotel, trepando ardentemente, saindo totalmente da rotina dos últimos anos.

Decidiu falar para a esposa, foi ao ouvido dela.

Ela olhou fundo nos olhos dele.

— Você devia ter me contado antes, Heitor. Eu adoro beber leitinho!

*

Uma tristeza se abateu sobre Elvis, no meio de todo esse processo: o papo que teve com Varley. Ele adorou saber que a amiga estava grávida, deu força, apoiou, foi solidário. Mas a empresa não podia mesmo contratar uma grávida. Iam chamar um outro cara, um grande fotógrafo que estava na fila, ela ia ter que aguardar — talvez muito. No dia em que falou com o amigo, Elvis fez uma coisa que não fazia há muito tempo: botou um biquíni, foi à praia, andou sob o sol, molhou os pés na água, pensou na vida. Alguém tinha dito que fazia bem ao bebê a mãe caminhar sob o sol alguns minutos por dia — depois disso, passou a caminhar com frequência quase diária ali, entre os postos Cinco e Seis.

Também nos dias posteriores ao acerto imobiliário dos pais, Elvis teve que deixar o apê. Levou tudo o que foi possível para o de Madona, vendeu os sofás, a mesinha de centro, o telefone com secretária, tudo por mixaria. O pai deu um dinheiro para ajudar nas despesas. A primeira noite no apartamento foi estranha para as duas, quase não conseguiram dormir. Fazia tempo que ambas não dividiam a cama; rolaram pra cá e pra lá sem saber como se portar. No outro dia também foi estranho. No terceiro, a temperatura tinha caído, Madona tomou a iniciativa e dormiram abraçadas, de conchinha.

Dezembro estava chegando e Elvis ganhou, numa noite, uma inesperada cesta de Natal dos patrões. Tinha panetone, castanhas, *petit fours*, entre outras coisas, e uma garrafa de champanhe — e não era um champanhe ruim, era de marca boa.

— Elvis, esse é pra você brindar com a Madona!

Rosa gostava muito de Madona. Carlos achava aquilo tudo muito estranho, mas dizia que, no fundo, elas formavam um belo par.

No dia da cesta, uma sexta-feira, botaram o champanhe na geladeira. No sábado, Madona arrumou uma mesa bonita, ficou esperando Elvis com um roupão chinês que não usava há muito tempo. Quando a grávida chegou havia uma surpresa. Até velas!

— Será que eu posso beber champanhe?

Madona achou que era melhor não abusar, sabia que grávidas não podem beber álcool. Elvis foi de refrigerante e Madona ficou bêbada com a garrafa toda. Comeram uma pizza brotinho de quatro queijos e panetone de sobremesa. Depois, Elvis tomou um banho quente, sentia-se cansada, e ambas foram se deitar.

Transaram.

Foi a segunda vez e pareceu melhor que a primeira.

Madona fez tudo de caso pensado, achava que Elvis estava precisando relaxar, precisava de um carinho especial. Na manhã seguinte, não se sentiu estranha ao olhar para o próprio pau melado.

*

PETIT FOUR

O Rio ferve em dezembro. Copa ferve mais. São turistas, são empregos temporários nas lojas, são seres noturnos que não aguentam o calor e a efervescência do verão e deixam suas tocas e andam pelas calçadas em plena luz do dia.

Falsos Papais Noéis suando em bicas, agitando sinos nas portas de lojas; meliantes batedores de carteira que tentam se aproveitar de jovens descuidadas e de velhas cansadas; escroques de olhos gordos que vigiam pessoas desinformadas. Pastores que falam aos ventos, suando mais que os Papais Noéis, em cima de caixotes; mães e filhas que procuram opções de presentes para o amigo-oculto da família; viciados que limpam desnecessariamente vidros de carros nos sinais ou fazem malabarismos em troca de moedas para alimentar o vício em crack.

No verão, o Rio é mais de ninguém.

Pois em dezembro, os salões de beleza ficam mais lotados. As pessoas arranjam mais compromissos sociais e cabeleireiras, manicures, esteticistas e toda a gama de profissionais da beleza acabam tendo mais trabalho.

Foi numa tarde de dezembro, faltando pouco para o Natal, que o celular de Norminha tocou e ela atendeu displicente. Madona olhou para a amiga naturalmente, sem imaginar que o assunto pudesse ter a ver com ela. Ela, Madona, na verdade, tinha até se esquecido dessa preocupação iminente. Sim, João Tripé seria colocado em liberdade. E no dia seguinte!

*

— Elvis, nós temos uma coisa muito séria para conversar.

— Diga, *my love*!

Era assim que João a chamava. Madona achou a coincidência triste.

— Era pra eu te falar antes, acabei esquecendo, foi muita informação ao mesmo tempo nesses últimos dias...

— ...

— Não sei como te dizer isso.

Elvis franziu a testa, esperando más notícias.

— O cara... Aquele que você fotografou, que acabou preso...

— João das Flores.

— Esse. Ele não é conhecido por esse nome por aqui. O nome dele por aqui é...

— ...

— João Tripé.

Elvis achou que já tinha ouvido esse nome, mas não se lembrava de onde. Fez cara de desentendida.

— É ele o cara que me trouxe de Marechal... é o cara que me roubou naquele dia em que você esteve aqui da primeira vez...

— Caceta!

— Pois é. Não sei o que aconteceu, queria muito te falar, mas as coisas aconteceram de outra maneira, acabei esquecendo...

— Que coincidência! Bom, bem-feito pra ele, tá preso...

— Não. Ele *estava* preso. Ele vai sair amanhã.

— Quê?

— É. A Norminha... bom, a gente sabe que ele vai sair amanhã.

— ...

— E, se eu o conheço bem, ele vai querer acertar contas com você.

— Como assim? Ele vai sair?

— Vai. Tentei te explicar isso naquele dia... no dia em que brigamos. Esses caras não ficam presos... É só pro povo ver, pra mídia fazer matéria, mas eles saem, todos...

— ...

— O João sai amanhã, sabe onde eu moro, onde trabalho, pode chegar até nós facilmente... O que vamos fazer?

A cabeça de Elvis rodava, ela estava num dia difícil, de muito enjoo por causa da gravidez, tinha vomitado três vezes já.

— Vamos falar com a polícia.

— Pra quê? Você acha que vão colocar um cara armado aqui na porta, vinte e quatro horas por dia?

Não iam. Elvis sabia.

Abraçaram -se.

Tinham que pensar em algo, mas naquele momento só se sentiam inseguras.

— Madona, marquei médico pra amanhã, onze da manhã... Você vai comigo?

— Vou, meu amor. Claro que vou. Nós temos que ficar mais juntas que nunca.

Ficaram em silêncio.

Elvis queria sair dali, pensou que talvez quisesse estar em Poços com os pais, em algum lugar no meio do mato, com Madona e o seu bebê, longe de tanta violência e medo.

Mas ela tinha que sair para o trabalho. Beijou Madona nos lábios.

— Vamos pensar em alguma coisa.

E foi para a pizzaria.

*

— Pode ir, João.

— ...

— O delegado disse que você não pode sair da cidade, tem que vir aqui todo mês, pra assinar a folha.

— Tá.

Não eram oito da manhã ainda. O sol estava alto. João tinha apenas a roupa do corpo e alguns trocados no bolso. Parou primeiro numa padaria, tomou uma Coca-Cola, comeu um joelho, comprou um cartão telefônico e ligou para Cride.

— Tô fora.

— Legal.

— Que que eu faço?

— Botamos um cara no seu lugar, pra fazer o teu trampo. Você tem grana pra se virar uns dias?

— Tenho.

— Tá. O negócio é o seguinte: tem um polícia que tá dando trabalho, um cara que não se enquadra, um puto que só quer saber de levar grana de todo lado, mas não alivia pra ninguém. Um chato, atua em Copa, se mete em todos os nossos negócios no Pavãozinho.

"Porra, vão me mandar apagar polícia! Essa cadeia fodeu mesmo comigo."

— Esse cara só quer saber de comer a mulherada, é metido a Zé Mayer...

— ...

— E ele se meteu até com a mulher do patrão, veja você... Um despeitado.

— Porra.

— Pois é. O bom é que a gente tem a ficha certa do cara, sabemos cada passo dele, onde mora, onde vai, tudo! Vai ser mais fácil do que foi com o Zé Clarim.

— ...

— Duas vezes por semana ele vai a um motel lá na Barra, depois do expediente. O lugar é interessante, dá pra pegar ele direitinho... Damos a ficha toda pra você.

— Não tenho arma.

— A gente dá um jeito nisso. Um cara vai te procurar na rodoviária logo mais à tarde... esteja por lá. Ele vai te levar a ficha e a máquina.

— Tá.

— Se você fizer direitinho, vai ganhar um posto só pra você, ok?

— Tá bom, Cride. Quem é esse cara?

— É da civil. Tem dez anos de polícia, nunca apagou ninguém, é um banana.

— ...

— É conhecido como... Pachecão.

*

— Pachecão, só você pode ajudar Elvis e Madona!

Norminha estendia-se pela cama, bunda redonda para o alto, refletindo no espelho oval do teto. Pachecão só olhando aquela maravilha, vagando pelos pensamentos pós-coito.

— Você tá me ouvindo, seu tarado?

— Ãhn?

O Pachecão era um coroa bonito, desses que têm aquele dom de atrair mulheres. Quarenta e oito anos, grisalho nas têmporas, esguio, olhos profundamente negros, entrou tarde na polícia, tentou antes uma carreira como advogado. Como era péssimo para cumprir prazos, vivia se esquecendo das audiências e não sabia como orientar clientes, entrou para a civil.

Na civil todos dizem que as mulheres adoram uniforme, mas dão mesmo é pra quem tem distintivo. Militar é vinagrão: tempera para civil comer. Pachecão entrou na onda, passou o rodo na delegacia, comeu estagiária, as meninas do café, a escrivã bonita que tinha vindo de Bananal, as investigadoras — que eram sempre chegadas nuns tapas, num sexo mais violento. Começou a frequentar casa de amigo polícia, comeu algumas esposas de tiras. Quando viu que tinha lábia para comer quem quisesse, começou a ousar. Parava mulheres nas ruas, entrava no comércio, esticava o pescoço, contava que era polícia, e pronto! — era mais uma para a contabilidade.

Com Norminha foi assim, esbarraram-se na calçada, diante do salão. Ele pediu desculpas, ela suspirou, ele já engatou um "o que você vai fazer mais tarde?". Saíram. Motel. Marcaram outra saída, para a semana que vinha. Para a outra. Saem uma ou duas vezes por semana há mais de seis meses.

— Norminha, eu como mulher pra caralho por aí, mas você é a mais gostosa!

Ela achava que era a mesma mentira que ele contava para todas, mas acontece que era verdade. Norminha não era assim tão bonita, morena benfeita, mais para gordinha, tinha os olhos juntos demais, um jeito estranho de falar, torcendo a boca. Mas na cama, era um furacão. Pacheco bem queria deixar a Norminha, ficar só com as trepadas novinhas. Mas era amor de pica, desses que ficam!

— Pacheco, olha pra mim, estou falando com você!

— ...

— O João vai querer matar Elvis e Madona. O que vamos fazer?

Ele pensou um pouco. Não era algo com o qual queria se preocupar.

— A melhor coisa mesmo era que sumissem... pelo menos por uns tempos...

— Mas como? Madona trabalha aqui, ganha uma boa grana no salão. Elvis trabalha também, logo vai trabalhar no jornal. As pessoas não podem largar tudo o que conquistaram ao longo dos anos por causa de um marginal!

— Ah, Norminha... O que eu posso fazer?

— Não sei, mas acho bom você pensar em algo, Pacheco.

— ...

— Porque eu amo Madona! Ela é minha melhor amiga! E agora ela vai ser mãe e eu quero que ela tenha essa felicidade. Nós não podemos deixar o bebê e as duas desprotegidas...

— Vai ser mãe? Ué, ela não vai ser pai?

— Que seja!

— Preciso pensar em algo, Norminha.

— Tá. Então pensa em algo até amanhã. Quero saber o que Elvis e Madona devem fazer pra se safarem desse João Tripé...

— ...

— Senão, Pachecão, coloca na tua cabeça que essa bucetinha aqui você não come mais!

*

Elvis passou no salão, apanhou Madona para a consulta com o ginecologista. Era um retorno, o médico tinha pedido alguns exames, ela estava com eles em um envelope. Foram as duas na moto, abraçadas, como sempre — mas com medo, olhando para os lados; parecia que João espreitava em cada esquina.

Não havia ninguém na sala de espera, ficaram à vontade, conversando alto, falando sobre o bebê, escolhendo nomes. A recepcionista ficou espantada, mas fingiu não ver. Era mesmo um casal inusitado, aquela magrinha de olhos claros e jaquetão de couro e a alta, sapatos de salto, cabelos amarelos, gestos suaves.

O doutor chamou, elas entraram.

— Ah, Elvis, como está? Tudo bem?

— Sim, me sinto ótima, aqui estão os exames.

— Ah, sim, vamos ver! E quem é a sua amiga?

— Amiga? Ah, não. Essa é Madona, o pai.

*

João foi para a rodoviária. Tinha dado uma grana para o pessoal do guarda-volumes manter suas coisas por lá. Roupas, dinheiro. E precisava esperar o homem do Cride.

Depois de tomar um banho e apanhar suas coisas, procurou um local discreto em uma das lanchonetes e sentou. Pediu uma cerveja. E outra. Um calor dos infernos.

Três ou quatro horas depois um homem chegou. Encostou ao lado de João e pediu um copo. Ele tinha uma mochila pequena, dessas que jovens usam nas costas.

— Aqui dentro tem tudo sobre o cara, o tal Pachecão...

— ...

— E tem uma automática também, com um pente extra.

— ...

— A gente vai querer a arma de volta depois do serviço.

— Tá.

O homem encheu o copo de cerveja, com cuidado para não fazer muita espuma, e virou tudo goela abaixo.

Foi-se.

*

O final de ano era de pura alegria para Pachecão: a mulher sempre ia com os filhos para a casa dos pais, em Niterói, e ele ficava ainda mais livre, leve e solto. Quando a mulher o lembrou, durante o café da manhã, que partiria no dia seguinte, ele teve um estalo. Foi mais forte que ele, mas ele tinha que falar naquele momento, ou perderia a chance.

— É amanhã que você vai, né? Preciso te contar uma coisa.

Ela, que já havia se levantado, voltou à mesa.

— Tem duas pessoas, um casal, que pediu proteção policial... E eu vou abrigar os dois aqui em casa...

— Na nossa casa? Quem são essas pessoas? São bandidos, Pacheco?

— Não, meu amor. É um casal, são pessoas trabalhadoras. Eles delataram um traficante, agora o traficante saiu da cadeia, eles não podem ficar no apartamento deles, o marginal saberia onde encontrá-los...

— ...

— Então eles vêm pra cá e eu vou pro apartamento deles. Se o traficante aparecer por lá, eu pego ele!

— Pacheco, não gosto dessas coisas.

— Benzinho, já conversamos milhões de vezes... Eu sou policial, não tenho como fugir dessas coisas... E num caso como esse, até recebo um adicional. Você não quer um vestido novo para o *réveillon*?

A mulher riu. Não ligava, na verdade. Era desligada das coisas, gostava só de passar o dia na internet, em sites de relacionamento, em *chats* de sexo. Ficava horas e horas ali, só passando a mão na calcinha, acariciando a buceta. O Pacheco que se fodesse! Ela sabia que se ele morresse, a aposentadoria viria para ela e ficaria tranquila o resto da vida.

— Tá bom, amor. Vê se te cuida. Esperamos você em Niterói na véspera do Natal...

— Ah, sim, estarei lá, vou levar presentes para todos.

Beijaram-se.

Ele já tinha uma ideia para contar a Norminha.

Estava um belo dia prum motel.

*

— Madona... e se o João aparecer na minha frente... o que eu faço?

— Ai, Elvis... sei lá, grita, chuta as bolas dele...

— ...

— Esse encosto, essa assombração, vai ficar no meu caminho até quando? O que será que a gente tem que fazer pra acabar com isso?

— E você, Madona? Se ele aparecer na sua frente, o que você faz?

— Eu mato ele! Eu juro que mato! Vai ser legítima defesa mesmo, já que ele vai querer me matar! Então eu mato ele sem pensar. E sem remorso. Filho da puta!

Tudo o que elas queriam era curtir aquela gravidez. Ficavam abraçadas, Madona encostava o ouvido na barriga de Elvis, e se pegavam desejando que essa alegria fosse para sempre.

Mas tinha o diabo por ali, rondando. João Tripé.

O celular de Madona tocou. Era Norminha.

— Temos um plano para vocês.

Marcaram uma reunião com Pachecão.

*

João alugou um quarto de motel barato, abriu mais uma cerveja — "está um calor infernal!" — e despejou o conteúdo da mala na cama. Tinha fotos do tal Pachecão. Numa folha, endereços: do edifício dele; do motel aonde ia todas as quintas, com uma tal Jurema, guarda de trânsito, na Barra; da padaria onde tomava café todas as manhãs. "A padaria é muito perto da delegacia, a Barra é longe pra caralho e cheia de polícia... o negócio é apagar o cara na chegada ou na saída de casa."

Ele conhecia as imediações do edifício, o Guayaquil, onde ficava o apê do tira. Bem, ele conhecia a região toda como a palma da mão.

O estacionamento do Guayaquil só tinha acesso pela Constante Ramos. Se ele conseguisse se camuflar por ali, era só aguardar o tira subir na calçada para esperar que o portão eletrônico abrisse — e bum!

Pensou que podia ficar uns cinquenta metros antes do edifício, próximo ao cruzamento. Pachecão não o conhecia, ele nem precisava ficar tão escondido. Assim que o carro aparecesse, ele iria andando pela calçada e apagaria o sujeito. Estava bem claro em sua mente. "Não sei os horários dele, esses caras não costumam ter horários fixos. O negócio é me instalar por lá e ficar de olho. Quem sabe eu não dou sorte hoje?"

*

Pachecão estava de folga, o destino colaborou.

O destino!

A ideia era simples: por quinze dias, elas dormiriam nesse endereço, que todos imaginavam ser um endereço desconhecido de João Tripé. Madona sairia apenas para ir ao salão, com um táxi que a apanharia e a deixaria na garagem do prédio. No salão, Rogério contratou um segurança, que ficou encarregado da única porta de acesso. Estabeleceram rotas que o táxi deveria fazer. Madona deveria ligar para Elvis ou para Pacheco caso houvesse qualquer alteração no combinado. Elvis teve que deixar o emprego, Norminha ficou de falar com Rosa. Não era seguro andar de moto com aquela barriga, que em breve ia começar a crescer. E a iminência da presença de João complicava ainda mais. Elvis chorou; sentia -se dependente de Madona, nunca quis essa situação para sua vida.

— Relaxa, minha linda. Não é o marido quem tem que sustentar a casa?

Madona piscou, Elvis riu, cúmplice.

— O mais importante agora é estarmos seguras, a salvo. Você fica no apartamento, cuidando da saúde e das coisas do bebê, e deixa que eu trabalho. Se João aparecer, eu cuido dele!

Elvis a abraçou, comovida com a coragem de Madona.

Tudo devia ser feito rapidamente. Pacheco ia com elas apanhar as coisas básicas no apê de Madona e deixaria as duas em seu próprio apê. Depois ia dar uma esticada, tinha convidado uma gatinha para passar a noite com ele em Copacabana, no apê de uma travesti que ele estava protegendo — uma noite de tensão e aventura! É claro que Norminha nem desconfiava.

— Vocês terão todo conforto lá em casa: tem ar-condicionado, banheira e TV de plasma. Só peço que tomem cuidado e não deixem tudo sujo: minha mulher é uma fera.

Norminha olhava para ele com tesão.

*

Um elástico de dinheiro encontrado na rua serviu para que João prendesse os cabelos atrás, num rabo monstruoso. A juba estava enorme, disforme, fedorenta.

Ele ajeitou a automática nas costas, vestiu um colete de couro, uma das peças que estavam no guarda-volumes da rodoviária, e apanhou um táxi. Deu o endereço.

Chegou ao local ainda não eram seis da tarde. Estava um sol do caralho, um calor de fazer o suor escorrer no vão das costas e encontrar abrigo no rego do cu.

Achou um local estratégico, atrás de uma árvore. Tinha sombra e proteção, quem passasse pela rua dificilmente poderia vê-lo. Acendeu um cigarro e depois outro. Respirava um certo conforto de liberdade e achava que ia ser ainda mais fácil do que havia sido com Zé Clarinho. "Um-dois, pá-pum, saio no pinote... tem uns becos mágicos aqui preu desaparecer sem deixar vestígio."

Qualquer automóvel preto que surgia no horizonte da Constante Ramos era suficiente para fazer com que ele levantasse a sobrancelha. Marcou bem o modelo e a placa do carro, olhou fixamente na foto por bons minutos: ele saberia quando Pachecão estivesse na sua mira.

"Fico aqui, não tenho porra nenhuma pra fazer. Com sorte, dou de cara com o filho da puta chegando!"

*

Descarado, Pacheco deu um beijo na boca de Norminha, em plena calçada, antes de entrar no carro. Rogério tinha dispensado Madona mais cedo, para que chegassem ao apartamento de Pachecão antes do anoitecer. "É mais seguro", garantiu a bicha. Era um bom plano, esse de trocarem de apartamento, de ficarem as duas num endereço que ninguém conhecia. Além disso, Elvis precisava descansar um pouco, o médico já tinha pedido. Tinham quinze dias para pensar sobre o que iam fazer, para ver se João ia aparecer.

— Pode ser obsessão, talvez ele não esteja nem aí pra gente, Madona.

— Eu conheço a peça, Elvis. Ele não vale nada. E está bravo.

Pacheco quis opinar.

— Eu não conheço esse cara, mas acho que é um desesperado. Pelo que ouvi dizer, ele nunca tinha matado antes, até acabar com o Zé Clarinho. Depois que se mata uma vez, nada mais fica difícil. Se ele acha que vocês foram responsáveis pelo fim da sorte dele, pode crer que vai procurar vocês. Mas talvez ele tenha algumas coisas mais importantes pra resolver antes...

— ...

— Além do mais, vocês conhecem a expressão: vingança é um prato que se come frio.

Todos conheciam.

Madona pensou que esse tipo de comportamento não era o de João Tripé. Ele gostava sempre de comer... quente.

*

Aquela foi a tarde mais quente do Rio de Janeiro nos últimos quarenta e cinco anos. A tarde mais quente em Copa. Dizem que um mostrador da orla acusou quarenta e cinco graus. Um apostador do jogo do bicho arriscou o palpite, jogou no quarenta e cinco, elefante. Não deu.

*

O ar-condicionado do carro não dava conta de esfriar as três pessoas lá dentro — com travesseiros, livros, bugigangas variadas que as duas resolveram levar para os quinze dias na casa de Pachecão. O carro estava lotado. Baixaram todos os vidros.

Nos bancos da frente, estavam Pachecão e Elvis. O banco do passageiro tinha sido deslocado para a frente, no ponto máximo, para que sobrasse espaço, no banco de trás, para a tralha da mudança provisória. Madona estava atrás, exatamente atrás do banco do motorista. Abanava-se com alguma coisa, um pedaço de papel que tinha encontrado por ali.

Ela se abanava e olhava para fora, despreocupada, quando entraram na Constante Ramos. Ele dirigia com um braço para fora, feliz de saber que em algumas horas estaria com um avião, num apezinho em Copa, fazendo o que bem entendesse. Falava sobre banalidades com Elvis, que lhe perguntava o nome dos filhos, sobre como fora ter as crianças, se ele ajudava a cuidar delas quando eram bebês, se trocava as fraldas. Ele respondia displicente, mais interessado em largá-las ali e ir cuidar da vida.

Pois eles estavam despreocupados e felizes e é isso o que basta dizer. Despreocupados e felizes naquele início de noite de verão quente, o mais quente dos últimos sei lá quantos anos. E ninguém entendeu quando Madona soltou o grito, a poucos metros da entrada no edifício, pouco antes do cruzamento, enquanto Pachecão estava apanhando o controle remoto para abrir o portão. Ali, enquanto ela se abanava despreocupada, virou os olhos para o tronco de uma árvore, enquanto o carro passava, e, no momento de um segundo, seus olhos encontraram os olhos dele: ela viu João Tripé.

Não pôde articular palavras, foi só um grito mesmo: surdo, seco, oco.

João só conseguiu se virar num pé e correr na direção contrária à mão da rua. Aquilo era inusitado, ele não esperava. Correu o mais rápido que pôde, virou à direita e à direita de novo, mais um quarteirão e novamente à direita, uns quatrocentos metros em menos de trinta segundos. Foi algum tipo de recorde.

Ele não conseguia raciocinar. Primeiro se perguntou, enquanto corria, quem é que estava caçando. Não era o Pachecão? O que Pachecão estava fazendo com Madona e a garota dentro do carro?

A cabeça rodava, resultado da corrida alucinada, do cansaço, das várias cervejas que tinha tomado antes. Chegou à outra esquina, de onde pôde ver o carro subindo na calçada, prestes a entrar no prédio. Havia alguma confusão dentro do carro, as pessoas agitadas, olhando para todos os lados.

No carro, Madona estava fora de si, afirmando que havia visto João. Elvis ficou nervosa, agitou-se olhando para fora, tentando encontrar o homenzarrão. Pachecão tinha visto, pelo retrovisor, que alguém corria, mas o homem estava de costas e ele considerou que o calor e o estresse haviam afetado o julgamento de Madona. Ela não conseguia falar, muito agitada, só emitia uns "era o João, era o João!". João encostou-se num muro, na esquina. Levantou devagar o rosto, olhou a rua. Estava deserta. Deserta. Era incrível, mas a Constante Ramos estava deserta. Parecia que o calor sufocante tinha banido todo mundo das imediações.

O destino!

Apertou os olhos e pôde ver.

Dentro do carro.

A cerca de vinte metros do seu alcance.

Não havia dúvidas: era Pachecão com Madona e a garota. Eles esperavam que o portão se abrisse totalmente. E estavam agitados.

O que fazer?

Pensou rápido e só uma frase ecoou em sua cabeça, reverberando os dias que passara no xadrez, comendo comida estragada, tirando senha para cagar: "Não tenho nada a perder!"

Tinha a arma carregada e um pente no bolso. Era munição para acabar com umas vinte vidas.

"É agora ou nunca!", pensou João.

E foi em direção ao carro, pistola na mão, disparando quase sem mirar.

O barulho dos tiros pareceu ter chegado primeiro. Pachecão sacou o revólver do coldre, um 38. Tentou abrir a porta e rolar, mas tomou um dos primeiros tiros, no ombro esquerdo, caindo sobre o colo de Elvis, que se abaixou rápido, em pânico. Madona, que estava atrás, viu a nuvem de sangue subir, quando a bala atingiu o osso.

E desmaiou.

Elvis olhou a cena quase de frente: aquele cara alucinado vinha atirando e ela tinha a plena certeza de que uma bala ia encontrá-la, ia entrar bem no meio de seus olhos.

Tinha que sair dali.

Tinha que tirar o cinto de segurança — mas não conseguia.

Viu Pachecão caído, o sangue encharcando sua calça, o cheiro acre.

Viu o para-brisas ruir em cacos, uma bala entrar no encosto de cabeça do seu banco, a cinco centímetros de sua orelha. O barulho do projétil causou um zunido em sua cabeça.

Não houve tempo para pensar: tirou a arma da mão de Pachecão. Nunca tinha segurado uma. Só tinha visto em filmes. Estaria carregada? Destravada? Nem isso sabia. Os pensamentos eram perturbados pelo barulho dos tiros, pelo som da lataria sendo perfurada.

João Tripé vinha, atirando. Pessoas apareciam em janelas, transeuntes corriam amendrontados. O barulho era infernal.

Ofegante, João achou que já tinha acabado com Pachecão e Madona. Voltou suas atenções para Elvis, aquela menina que ele podia ter aniquilado com um só safanão, naquele dia. Estaria viva ainda, a putinha?

Ele ia atirando contra ela enquanto se aproximava, descarregando a automática, sem se dar conta de quantas balas vomitava. Ela via as balas ricochetearem, entrando por um lugar e saindo por outro, barulhando a lataria. Mas pouco podia fazer.

Abriu a porta, tentou se proteger atrás dela, tirando parte do corpo para fora, ainda presa ao cinto, empunhando a arma como alguém que sabe atirar. Estava esperando aquele monstro cinza chegar, acreditava que, em algum momento, as balas iam acabar.

Num momento breve, achou que ele ia acertar o tiro que acabaria com a sua vida e a de seu bebê. Levou a outra mão à barriga.

"A vida do meu bebê!"

E ele vinha ainda atirando, e estava a poucos metros do carro.

E ela estava nervosa. Suava e tremia.

Olhou com o canto dos olhos para trás, para Madona, mais uma vez. Teria sido alvejada? Viu também Pachecão desacordado — morto? —, com sangue fluindo do ombro. Alguém lá fora gritou, mas Elvis não ouviu, não ouvia nada. Só via a massa disforme se agitando no ar ao seu encontro. E vinha. E atirava. E se aproximava. Até que... parou de atirar.

Com medo, Elvis ergueu os olhos e encontrou os dele.

Estava a três ou quatro metros dela e sorria. Dali,

podia esticar o braço, mirar e acertar onde bem quisesse. Não sabia se Pachecão e Madona já estavam mortos dentro do veículo, mas precisava ter certeza. E queria acabar com a garota, a infeliz que lhe havia tirado a grande oportunidade. Respirou fundo, olhando nos olhos translúcidos da pequena — ia finalmente acabar com ela. Ergueu o braço e mirou na cabeça. Mas já não tinha mais balas.

Apertou o gatilho uma vez, mais uma, e outra, e nada. Ele achava que ainda havia uma bala na arma. Mas isso não era problema: levou a mão ao bolso, à procura da munição. Dispensou o pente vazio no asfalto.

Mas o tempo estava contra ele e Elvis finalmente desvencilhou-se do cinto de segurança e botou meio corpo para fora do carro através da janela. E apontou o .38 para a testa da besta-fera. Ele olhou bem para aquilo. Ela tinha uma arma? Sabia atirar? Quase riu.

Não, ela não sabia atirar e não sabia o que fazer. Apenas apontou aquilo para a cabeçorra de João Tripé e apertou o gatilho. A arma disparou. Um tiro apenas. Foi o suficiente.

Ele caiu para trás, morto. Muito mais morto do que jamais podia calcular.

Um puta pé-frio do caralho, esse João.

E durante alguns momentos, o tempo ficou suspenso em sons inauditos, no lusco-fusco das lâmpadas que se acendiam e do sol que se esvaía por trás dos prédios e dos morros, na brisa fria do mar que arrepia os pelos dos braços e das pernas, nas peles que havia pouco ainda suavam, reclamantes do calor excessivo.

E então Madona acordou, saiu do carro cambaleante. Tremia muito, suava demais, tinha se mijado no vestido, o líquido amarelo escorria pela perna. Algumas pessoas vieram acudir.

Elvis continuava com os pés plantados na base da porta, braços sobre a porta e sobre o capô, a mão direita segurando o revólver. O porteiro de um edifício — que vira tudo da guarita — veio em seu socorro.

— Você está bem?

Elvis estava. Não tremia, não ouvia nada, era como se tivesse tirado um peso grande das costas, como se tivesse entrado no paraíso. Olhou praquele grande pedaço de carne no chão, estatelado. "Agora vou ter meu bebê com Madona, fique queimando no inferno pra sempre, seu animal!"

Pessoas chegavam, um ambulante tirou Pachecão do carro, colocou-o no asfalto. Enquanto alguns tentavam acalmar Madona, que se agitava frenética, tentando entender o que tinha acontecido ali, ele rasgou as roupas do tira, viu que estava vivo e gritou:

— Tá vivo, chama uma ambulância!

Alguém sacou o celular e discou.

Elvis desceu então, andando devagar, e foi ao encontro de Madona.

As pessoas se assustaram ao ver a arma na mão da garota, mas ela nem lembrava mais que estava ali. Só queria abraçar Madona, que arfava, ofegante, com a maquiagem borrada, o nariz escorrendo e as lágrimas em profusão.

Elvis se lembrou daquele dia, do primeiro dia, quando conheceu Madona — ela estava com a mesma cara, do mesmo jeito.

Feia.

— Daqui a pouco as emissoras de TV vão chegar e você não pode aparecer assim tão acabada!

Madona olhou nos olhos de Elvis. Entendeu que estava viva. Entendeu que a amava.

Aquilo era amor — e não tinha nada a ver com tudo o que ela sempre achara que fosse, quisera que fosse, torcera para que fosse. Não era qualquer idealização, que é como as pessoas pensam o amor. Era só amor.

Olhou para João Tripé, ali, estendido, a testa aberta num tiro a curta distância. Não havia ninguém mais, em todo o mundo, que pudesse impedir as duas de qualquer coisa.

— Filho da puta.

Carros da polícia chegavam, ambulâncias, equipes de resgate, papa-defuntos. E a imprensa, claro.

Sentaram na calçada, Elvis e Madona, alguém veio trazer uma colcha de chenile. Cobriram as pernas. A praia de Copa sabe soprar um vento gelante quando quer, mesmo que a tarde tenha sido a mais quente desde que dinossauros pisaram na orla.

Veio a notícia de que Pachecão estava bem, ia sobreviver. Elvis pensou — um daqueles pensamentos involuntários — que ele ia faturar muitas bucetas se aparecesse no *Jornal Nacional*.

Madona olhou para Elvis. "Não deve ser fácil matar alguém."

— Você está bem, meu amor?

— Sim, estou ótima!

— E... Como foi aquilo? Atirar no João?

— Foi... Como se eu fosse você!

Madona se assustou com a resposta.

— Sim, você me disse que não teria dúvidas: se pudesse, acabaria com a vida dele. Eu também não tive dúvidas, foi como se eu fosse você.

— ...

— Eu percebi que você me ama e que faria qualquer coisa, daria a sua vida por mim. Eu daria a minha vida por você. Achei que você tivesse tomado um tiro, não ia poder fazer nada por nós. Senti nosso filho aqui, dentro, vivo...

Pela primeira vez, lágrimas brotaram de seus olhos.

Estavam tão juntas, tão próximas. Sentiam-se tão quentes, tão bem!

Tão vivas!

Ela levou a mão à barriga de Elvis. Havia alguém ali.

Elvis e Madona pensaram, naquele exato momento, que a vida das duas podia dar um filme interessante. Elas haviam tido vidas diferentes, viviam momentos conturbados quando se conheceram e tiveram um romance inusitado, com esse final agitado, trágico, feliz. Podiam, agora, se beijar, como naqueles filmes antigos, em que o *the end* e os créditos sobem depois de noventa minutos de romances, encontros calorosos, desencontros e aventuras.

Podiam se beijar, enquanto subiam os créditos e uma voz grave, em *off*, anunciava que viveriam felizes para sempre.

Podiam se beijar.

E se beijaram.

EPÍLOGO

Escolheram Angel.

Madona falava "Ângel". Elvis falava "Angél", puxando seu sotaque mineiro.

Pachecão largou a esposa e assumiu Norminha, e foram padrinhos de Angel.

Um ano depois que o bebê nasceu, Elvis conseguiu a sonhada vaga no *JB*.

Madona juntou economias e montou o show, dois anos depois, em parceria com Rogério. Ficou em cartaz por seis meses, Elvis fez o pôster e cuidou da publicidade. Teve boas críticas na imprensa — em especial no *JB*, claro.

Com cinco anos, Angel disse que queria fazer caratê. Elvis tinha lhe apresentado um filme de Bruce Lee.

"Você ainda vai estragar essa criança!", reclamou Madona.

Elvis deu uma de pai, que não liga a mínima para as reclamações da mãe.

PÓS-EPÍLOGO

O trecho que Elvis marcou, dobrando a página no canto superior direito, e que Madona leu no livro *Nossa Senhora das Flores*, de Jean Genet, foi o seguinte:

"Divina trabalhava para dois homens, um deles seu. Até então, não tinha amado senão homens mais fortes do que ela, e um pouco, um pouquinho mais velhos, e mais musculosos. Mas veio Nossa Senhora das Flores, que possuía o caráter físico e moral de uma flor: ela se amarrou. Algo de novo, uma espécie de sentimento de poder, brotou (no sentido vegetal, germinativo) em Divina. Acreditou -se virilizada. Uma esperança louca fê-la forte, sólida, vigorosa. Sentiu os músculos crescerem e viu -se emergindo de uma pedra talhada em forma de escravo de Michelangelo. Sem mover um músculo, mas excitando -se, lutou internamente como Laocoonte, agarrando o monstro e retorcendo-o. Em seguida, mais audaciosa, com seus braços e pernas de carne, quis boxear, mas foi logo atirada ao chão, pois julgava e desejava seus movimentos não de acordo com sua eficiência combativa, mas segundo uma estética que faria dela um marginal mais ou menos galantemente delicado. Seus gestos, e mais particularmente uma queda de cintura, uma posição de ataque, deveriam a todo custo, ao custo da

própria vitória, fazer dela, mais do que o boxeador Divina, um certo boxeador admirado, e às vezes diversos magníficos boxeadores misturados em um só. Ela pesquisava atitudes de machos que raramente são atitudes de machos. Assobiava, enfiava as mãos nos bolsos, e todos esses simulacros foram executados de forma tão canhestra que ela parecia ser, numa só noite, quatro ou cinco personagens de uma vez. Adquiria a riqueza de uma múltipla personalidade. Passava de moça para rapaz, e as transições de uma para o outro — porque a atitude era nova — eram feitas em estrebuchos. Corria atrás do rapaz que pulava amarelinha. Sempre iniciava seus gestos como a Grande Desligada, e, em seguida, lembrava -se de que devia mostrar -se viril para seduzir o assassino e os terminava grotescamente, e essa fórmula dupla a envolvia de encantamento, fazia dela um tímido bufão em trajes burgueses, uma vara envenenada. Enfim, para coroar a metamorfose de mulher em bofe, imaginou uma amizade de homem para homem, que a uniria a um desses marginais sem jaça, cujas atitudes não poderiam ser encaradas como ambíguas. E para se garantir inventou Marchetti. Foi fácil encontrar um físico para ele, pois ela possuía na sua secreta imaginação de moça solitária, para as noites, uma reserva de coxas, braços, torsos, rostos, cabelos, dentes, nucas, joelhos, e sabia juntá-los para formar um homem vivo a quem emprestava uma alma — sempre a mesma para cada uma dessas armações: aquela que ela desejaria possuir. Inventado, Marchetti viveu algumas aventuras junto dela, em segredo. Depois, uma noite, ela disse a ele que estava cansada de Nossa Senhora e consentia que Marchetti o possuísse. O acordo foi selado com um aperto de mão masculino. Eis o sonho: Marchetti entra em casa, com as mãos nos bolsos: — Que que há, ô cara? — diz ele para Divina. Senta -se; falam conversa de macho, sobre a praça. Nossa Senhora chega. Aperta a mão de Marchetti. Marchetti dá uma gozada nele por ter cara de mina. Eu (Divina fala consigo mesma em segredo) faço de conta que não o estou vendo mais. Mas tenho certeza de que agora, graças a mim, Nossa Senhora vai fazer um jogo rápido com Marchetti. (O sobrenome dele é bonito demais para lhe dar um prenome.) Ocupo-me uns três minutos com a arrumação da sala. Dou um jeito de ficar de costas para ele. Volto-me e os vejo se beijocando e Marchetti abrindo a braguilha. Começa o amor."[1]

1 | Jean Genet, *Nossa Senhora das Flores*. São Paulo: Círculo do Livro, 1991, p. 115-16, tradução de Newton Goldman.

ELVIS & MADONA: DEZ ANOS, A LINGUAGEM

HELOISA ANDRADE DE PAULA

Madona é uma travesti que se descobre apaixonada por uma mulher.

Elvis é uma mulher lésbica e cisgênero que se descobre apaixonada por uma travesti.

Isso aconteceu há mais de uma década, em Copacabana. Se elas estivessem aqui hoje — devem estar, e espero que ainda juntas! — elas teriam na ponta da língua a explicação sobre como identidade de gênero não define orientação sexual, e vice-versa. Elas poderiam sentar no Cervantes e explicar para mim e para você que travesti e *drag queen*, por exemplo, são duas coisas completamente diferentes. Que dizer "traveco" e usar o pronome masculino para se referir a uma travesti é muito, muito feio, e que a gente nunca fala o *deadname* (o nome "de antes") de uma pessoa *trans*. Que tanto faz quem operou e quem não operou, isso não é da nossa conta. E conversariam vários outros assuntos, rindo e tomando cerveja gelada.

Mas nada é tão simples, né? Madona já tinha uns 35 anos quando conheceu Elvis. Nunca tinha se envolvido com uma mulher. Elvis veio do interior de Minas, morar em Copacabana já foi um susto, e outro maior ainda foi se descobrir apaixonada por uma travesti, uma mulher diferente de todas as que ela conhecia. Elvis larga a cisnormatividade pra lá e vai ser feliz. Madona se descobre bissexual e se apaixona pela *boot*, ops, pela sapata linda que vai ser mãe de sua filha (ou filho?).

Ao olhar a linguagem de *Elvis & Madona* dez anos depois, mexemos nos termos que achamos mais problemáticos. O objetivo nunca foi fazer uma novela asséptica e educativa, mas quisemos refletir melhor a realidade das personagens e atualizar termos que, hoje em dia, já não se usam mais.

Nesta nova versão, ninguém se refere a Madona no masculino exceto João, vilão malvadão, e Cride. A confusão de achar que Madona é homem também foi majoritariamente apagada. "Madona é mulher, sempre foi", como reconhece até João Tripé. Afinal, Elvis não dormiria com Madona se ela não fosse, como se diz hoje em dia, *beeem* menininha.

Madona ainda se refere ocasionalmente a si mesma, na raiva ou no deboche, como traveca. As referências ao seu nome de nascença foram mantidas, mas amenizadas. Algumas passagens preconceituosas sobre trabalho sexual também foram suavizadas. A cena com os pais da Elvis foi modificada para que o narrador reflita a voz interna da Madona no feminino, e o olhar do Heitor e da Soraia sobre ela no masculino.

Esperamos ter feito jus à linda história. E que Madona, Elvis e Angel continuem por aí por mais algumas décadas, com seu amor.

HELOISA ANDRADE DE PAULA é consultora da Mezcla Diversidade.

POSFÁCIO

Os dez anos de *Elvis & Madona*

RAPHAEL MONTES

Qual é melhor, o livro ou o filme? Essa discussão já é antiga e gasta; afinal são distintas as experiências oferecidas pela literatura e pelo cinema. Faz dez anos que Marcelo Laffitte dirigiu *Elvis & Madona*, a bonita história de um casal formado por uma lésbica e uma travesti, interpretados por Simone Spoladore e Igor Cotrim. Laffitte convidou o autor Luiz Biajoni a fazer o livro baseado no filme e o romance foi publicado pela ed. Língua Geral no mesmo ano.

Meu primeiro contato foi com o filme, um ano depois, em 2011. Ao ler o livro, me surpreendi com o trabalho de Biajoni. O romance não é mera dramatização do roteiro, o que seria ruim. Nas páginas, os protagonistas ganham complexa dimensão e têm seus passados explorados. Copacabana se torna um efetivo personagem, com suas cores e vibrações. Enquanto o filme é uma comédia dramática deliciosa, o livro tem um pé na trama policial e na ironia escatológica. O resultado não poderia ser melhor: filme e livro não se confrontam, mas se completam.

Na mesma época, eu e Biajoni acabamos nos encontrando e – adivinhe? – ficamos amigos. Por alguns anos, alugamos uma casa juntos na FLIP – uma casa distante do centro charmoso, que nos obrigava a caminhar uns bons vinte minutos já bêbados ao final das noitadas. Ou seria no início delas? Afinal, na casa, passávamos a madrugada bebendo cachaça, falando besteira e lendo trechos do livro que estávamos escrevendo no momento. Acredito que o Bia foi um dos primeiros caras a ler qualquer dos meus livros. E eu, os dele.

Desde então, tem sido um privilégio acompanhar sua carreira, com a genial A Comédia Mundana (com as novelas Sexo Anal, Buceta e Boquete), A Viagem de James Amaro, Quatro Velhos. Biajoni é um autor único na literatura brasileira – tem uma putaria de Nelson Rodrigues, um bem bolado de ironia do Machado; um quê da maldição de Plínio Marcos, outro punhado de Caio Fernando Abreu, tudo embalado numa linguagem com poesia e dureza.

Agora, dez anos depois, o texto potente de *Elvis & Madona* ganha ainda mais força. Em tempos tão sombrios, Biajoni reafirma sua ousadia de vanguarda: foi um dos primeiros a fazer literatura gay no Brasil. Mais ainda, escreveu uma história romântica, mas com uma subtrama policial que o coloca no nível de mestres nacionais como Luiz Alfredo Garcia-Roza e Patrícia Melo. Elvis e Madona é um livro para ser lido e relido de tempos em tempos, um termômetro para nos distanciar da caretice que impera hoje. Que venham mais dez anos!

RAPHAEL MONTES é escritor e roteirista, autor dos livros *Dias perfeitos*, *Jantar secreto*, *O vilarejo*, entre outros.

A PROMESSA DE EROS

(artigo publicado no jornal *Rascunho*)

VILMA COSTA

Elvis & Madona: uma novela lilás, de Luiz Biajoni, baseada no filme homônimo, de Marcelo Laffitte, tem como temática principal uma história de amor. É uma narrativa cercada de surpresas, a partir de um encontro dos personagens em Copacabana, entre sonhos e a violência urbana dos nossos dias.

Elvis, ou melhor, Elvira, é uma jornalista que sonha com o emprego de repórter fotográfico em um grande jornal. Vem de uma família tradicional, já falida, e, para sobreviver, trabalha como entregadora de pizza. É lésbica e resolvida em sua orientação sexual, apesar de toda pressão exercida pela família, vizinhança interiorana e sociedade em geral.

Madona é uma travesti que trabalha num salão de beleza e tem como sonho montar um show de teatro de revista. Para tal, guarda seu suado dinheirinho. Relaciona-se com João Tripé, um sujeito truculento, ligado à contravenção, tráfico de drogas e policiais corruptos.

O primeiro encontro das duas se dá no apartamento de Madona, quando esta havia pedido uma pizza. Elvis surpreende a cabeleireira arrasada, depois de ter sido espancada e roubada pelo amante. A partir daí tornam-se amigas e o interesse crescente de uma pela outra vai se intensificando, até se tornar uma forte relação afetiva sexual. A forma como se dá o encontro possui muitos dos elementos de uma história romântica, no que tange a suavidade com que se estabelece a construção da relação e a seqüência de obstáculos que os amantes têm de transpor para viabilizar essa afetividade.

Os elementos tradicionalmente românticos param por aí, já que o contexto contemporâneo dramatizado na ficção implode essa perspectiva. Para início de conversa, está sendo questionado o sujeito unificado da modernidade. Para Stuart Hall, em *A identidade cultural na pós-modernidade*, "'o sujeito' do Iluminismo, visto como tendo uma identidade fixa e estável foi descentrado, resultando nas identidades abertas, contraditórias, inacabadas, fragmentadas, do sujeito pós-moderno". Vários fatores contribuíram para isso, vale aqui destacar o papel dos novos movimentos sociais surgidos a partir da década de sessenta, como o feminismo, a política sexual de gays e lésbicas, as lutas raciais e étnicas, pela paz no mundo, pelos direitos civis, etc.

O enredo do romance é praticamente o mesmo da narrativa cinematográfica. A novidade é que estamos acostumados com as adaptações de romances em películas. Aqui se dá o processo inverso: o filme surge primeiro, depois é escrito sob forma de texto literário. Algo parecido aconteceu, por exemplo, com *O invasor*, sob direção de Beto Brant e roteiro de Marçal Aquino. Neste caso, tanto o roteiro do filme quanto o romance foram escritos pelo mesmo autor. Isso, apesar de parecer mais simples operacionalmente, não impediu diferenças substanciais de abordagens.

O admirável aqui foi a parceria entre Marcelo Laffitte e Luiz Biajoni. Cada um na sua especialidade cumpriu um papel importante. Todos ganhamos, leitores, espectadores, cineasta, escritor e público em geral. Com a novela, o cineasta e o filme, mesmo este saindo de cartaz, serão lembrados. A partir do filme, a literatura registra uma boa história e chama a atenção para a produção do escritor.

Em entrevista, Laffitte comenta sobre alterações do seu roteiro original: é "a vingança da literatura contra o cinema". Constata: "o Biajoni acrescentou personagens, modificou diálogos e criou todo um universo para o Elvis e a Madona do meu filme. Mas não tive ciúme não... Foi uma experiência interessante".

O que não podemos esquecer é que se trata de uma mesma história narrada por duas diferentes linguagens: a literária e a cinematográfica. A primeira tem como instrumento fundamental de expressão a palavra em suas articulações e especificidades. A segunda, além desta, conta com a imagem, o som, a música, o movimento, os recortes, a representação dos atores, a direção, etc. A apresentação e a construção dos personagens e do espaço se dão de forma diferenciada. Um olhar do ator sobre um objeto e uma música de fundo, no filme, pode levar três minutos, enquanto a mesma cena para ser representada na escrita pode ocupar páginas e mais páginas e, ainda assim, não dizer a mesma coisa, ou jamais produzir o mesmo efeito. A primeira tem a seu favor o tempo de elaboração e a perenidade da escrita, a segunda tem como característica a efemeridade do cinema, que entra e sai do circuito, dependendo da oscilação do mercado.

Tanto no romance quanto no filme, Copacabana não é apenas cenário, é personagem também. "Copacabana, princesinha do mar/ Pelas manhãs tu és a vida a cantar/ E a tardinha, ao sol poente/ Deixas sempre uma saudade na gente." A letra da música de João de Barro e outros recursos, por exemplo, são usados para enfatizar o espaço urbano com seus diferentes aspectos, entre encantos e desencantos. É uma parte da cidade "maravilhosa" que tem um caráter cosmopolita, plural, violento e cheio de sedução e beleza. Neste sentido, o espaço narrativo atualiza o mito erótico, implicitamente, enquanto mata a fome de realidade do leitor e do mercado. É um espaço concreto, físico e histórico, mas também simbólico. Funciona como o espaço do desejo e da obsessão pela fusão de corpos e de almas, solidão na multidão de seres perdidos em busca desesperada de completude. Sonhos e realidades adversas disputam, incansavelmente, espaço e poder.

Por um lado, personagens como Elvis e Madona significam na literatura um momento de expansão e legitimidade do sujeito contemporâneo, múltiplo e descentrado, por tanto tempo sem voz e canal de expressão nas artes de modo geral. Falam de um tempo histórico em curso que ganha cidadania nas letras.

Por outro lado, quase que paradoxalmente, a relação estabelecida por Elvis e Madona traz um conteúdo atemporal, pagão, remete ao tempo do mito da Era Clássica. O que são esses personagens, por mais inusitados que possam parecer hoje, senão representantes dos nossos ancestrais gregos, imortalizados no *Banquete*, de Platão, pelo mito do andrógeno? O feminino e o masculino, o corpo e a alma estão aí reunidos num único ser. Mais perfeito, ainda, é o encontro de dois seres tão igualmente completos em si mesmos e entre si. Não seria isso o mito da fusão erótica plenamente realizada, ou seja, a própria felicidade do amor, prometida por Eros? Mais ideal que o idealismo romântico. Tão simples enquanto desejo, ao mesmo tempo, bem distante da realidade concreta contemporânea de parcos afetos, datada num presente histórico tão complexo quanto o nosso.

VILMA COSTA é doutora em Estudos da Literatura pela PUC-Rio, poeta e professora.

DAS TELAS PARA O LIVRO, DO LIVRO PARA AS TELAS

IGOR COTRIM

Fácil e prazeroso escrever sobre esse livro engenhoso.

Quando soube que o filme de Marcelo Laffitte iria virar livro, a primeira coisa que passou na minha cabeça foi: Olha só! O primeiro livro que não será fiel ao filme! Rimos muito, Marcelo e eu.

Mas ao ler o texto, constatei que Biajoni havia alterado situações e nomes de alguns personagens, mantendo-se fidelíssimo ao retratar esta história de amor, história de encontro de alma, tão inusitada como também possível.

E foi além, ao nos proporcionar histórias pregressas dos personagens e desenvolver a trama policial que atravessa o enredo, dando maior dimensão às aventuras, e ainda mais às desventuras, de João Tripé, um tri-pé frio *pra caralho.*

Biajoni retrata Copacabana de forma pulsante e viva, nos faz sentir andando pelas ruas do bairro, mostrando o esquema de corrupção e a conivência dos policiais com o tráfico, e conseguindo em duas linhas dar dimensão à fauna de Copa, a exemplo do jogador que aposta no jogo do bicho, pois a temperatura no mostrador da orla exibia quarenta e cinco graus. E que não nos deixa sem desfecho: ele não ganhou o bicho apostando no elefante.

Impossível para mim não ler o livro e enxergar automaticamente a Simone Spoladore como Elvis, o Sérgio Bezerra como João Tripé ou o saudoso José Wilker, que no filme tem uma participação no papel de *Deus Ex- machina,* para resolver toda a parada no final, e no livro ter mais espaço e sabermos dos namoricos de Pachecão.

E gostaria de deixar bem claro: *Minha* Madona, não desmaia e nem se mija de medo no filme. Ah, pelo amor de Deus! Ela enfrenta, protege Elvis e o bebê que está na barriga, mas no livro de Biajoni, minha Madona desmaia de alegria.

Ferino, dinâmico e com a safadeza e amor bem equilibrados, esse livro é uma delícia de ler, e agora você também sabe disso.

Ainda houve um episódio sobre o nosso filme que foi bastante simbólico. As filmagens pararam sete meses antes de gravarmos a última cena, num *pé sujo* no Leme. Foi um momento mágico: a moradora do prédio acima do boteco chegou e estava eufórica. Cumprimentou toda a equipe e deu a benção para o filme. A pessoa era a grande Rogéria.

E se Rogéria abençoou o filme, ele seguiu uma trilha de sucesso, ganhou estrelas, foi diversas vezes premiado no Brasil e no exterior, fomos até para Tribeca, em Nova York, e eu, na apresentação do filme, agradeci ao *Traveca* Film Festival. Hahaha!

Toda a nossa energia está encarnada nesse livro delicioso que, assim como o filme, nos mostra que o que importa é amar e ser amado, e que ninguém tem que meter o bico, pois pode acabar pagando o pato.

IGOR COTRIM é ator e interpreta Madona no filme de Marcelo Laffitte.

AS NOSSAS MENINAS

MARCELO LAFFITTE

Eu queria fazer um filme erótico e com muitas cenas de sexo, mas as ideias não vinham facilmente. Isso foi logo após as filmagens de *Elvis & Madona*, no fim de 2008, quando eu estava completamente falido e sem dinheiro para terminar o filme. Entrei na grande rede para procurar contos desse gênero e, de cara, deparei com várias informações sobre um romance que poderia ser baixado de graça na internet.

O livro era *Sexo anal*, de um novo escritor paulista chamado Luiz Biajoni. "Opa! Alguma coisa tem aí", pensei. Transferi o livro em menos de dois minutos e li em duas ou três horas de uma sentada só. Caramba! Os personagens eram muito parecidos com os meus: gente comum, com contas pra pagar, sonhos pra realizar e todos meio filhos da puta. Gente como a gente, sabe?

Mandei uma mensagem para o Luiz Biajoni me apresentando como cineasta e felicitando pelo trabalho. Ele respondeu e trocamos alguns e-mails. Um dia lhe mandei a primeira versão do filme, um corte com quase três horas de duração, e perguntei: Biajoni, será que essa história não cabe num livro? "Será? Sei não", ele respondeu. Dois anos depois, o resultado é este que você, caro leitor, está preste a ler.

E o que você vai ler é a história de amor entre as personagens Elvis e Madona, uma mulher e um homem. Ou um homem e uma mulher, como queiram.

Se você já viu o filme – ou quando o vir – vai perceber que as personagens são as mesmas, mas não iguais. A principal diferença entre nossas meninas é que as que estão nestas páginas são do Biajoni e refletem todo o processo de formação cultural, moral e ideológica de seu criador; e aquelas da tela são minhas. Nenhuma é melhor ou pior que a outra; são apenas diferentes. Preciso confessar que senti algo estranho – talvez ciúmes de pai – quando notei essa sutileza, mas logo me dei conta que Elvis, Madona, João Tripé, Pachecão, enfim, toda a prole já está bastante crescidinha e pode caminhar por rumos que eu não previ, o que, com orgulho de pai, espero que aconteça e me traga cada vez mais alegrias.

MARCELO LAFFITTE (1963- 2019), cineasta,
diretor do filme *Elvis & Madona*
(Texto de orelha da edição de 2010).

Este livro foi editado pela
Bazar do Tempo na cidade
de São Sebastião do
Rio de Janeiro, e impresso em
papel pólen soft pela gráfica
Eskenazi, em junho de 2021.
Foram usadas as fontes
Monarcha e Jasper Caps.